U0146924

SHEI-PA NATIONAL PARK

徑

清蔭秘境款款行

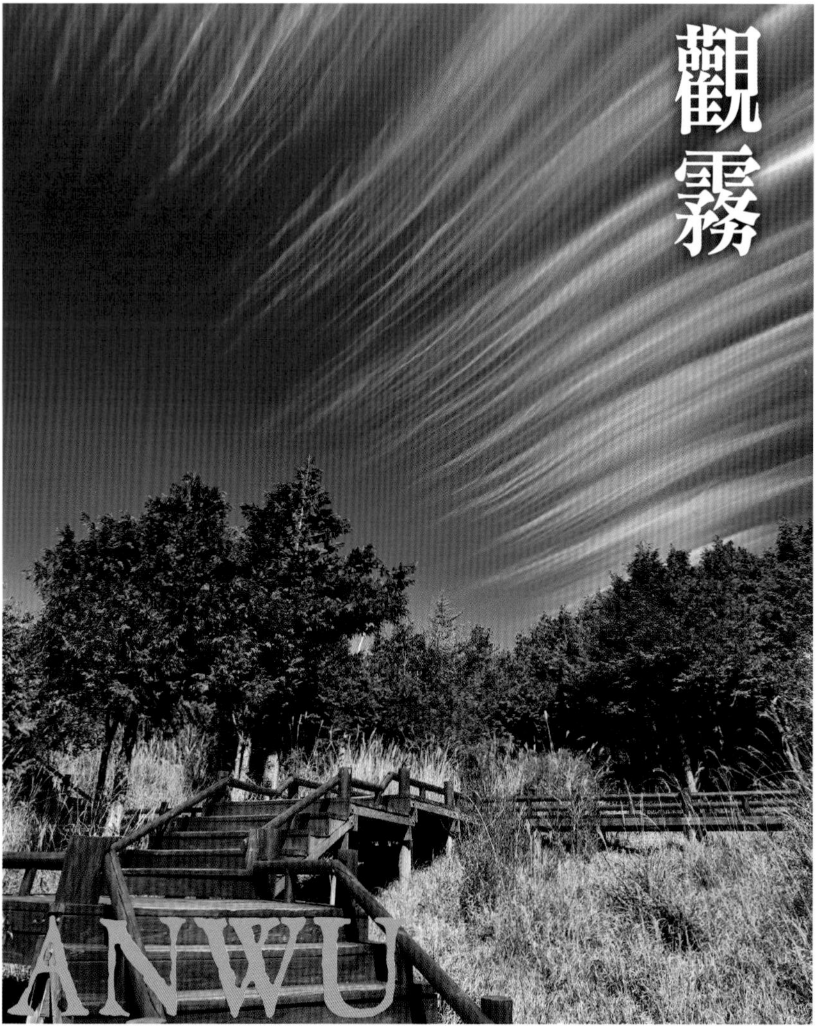

觀霧

GUANWU

目錄 CONTENTS

16 幽幽森境｜觀霧地區自然人文生態

74 樂遊觀霧｜觀霧地區休閒旅遊導覽

徜遊觀霧・形塑願景

如果不能免除滾滾紅塵中不時加諸於人生的種種困擾，

用句夢幻又貼切的話說，武陵無疑就是人人心中的那塊淨土……

觀霧遊憩區，這個位於雪霸國家公園西北端的森林秘境，一直是眾多國人心心繫念的熱門景點。尤其在「觀霧山椒魚生態中心」落成啟用後，透過媒體廣泛的報導，人們直覺的把觀霧無所不在的「霧」與冰河時期孑遺的生物串連在一起，更加深了人們對此秘境的嚮往。

雪霸國家公園在規劃觀霧山椒魚生態中心展示館時，特別針對民眾遊憩與

大小霸尖山

知性的需求，竭盡所能充實硬體設施，並積極就軟體的深度與廣度、年齡層的差異等進行不同的安排，期望能提供給遊客最優質的解說服務與環境教育場所。

其實，除了觀霧山椒魚外，觀霧尚有許多自然生態資源值得我們從事無止盡地鑽研，當我們經過長期的探索與研究，在這片霧林帶驚奇地發現到珍貴的觀霧山椒魚時，不僅讓大家肯定國家公園保育的功能，也充分意識到，物種保育的背後，必須有生物多樣性的豐富的棲地環境，才能營造出永續發展的未來。

在滿足遊客休閒旅遊需求的同時，我們誠摯的期待，從觀霧山椒魚出發，共同建構一個願景——在這塊夢土上圓一個完整的生態系。

觀霧遊憩區簡介

觀霧地區聯外道路固不無崎嶇迂迴之處，
然初來乍到，踏上雲霧步道觀景臺舉目遠眺，
如鋸齒狀綿延聳立的「聖稜線」、「雪山西稜」
就橫亙於群巒疊翠的天際……

雪霸國家公園的觀霧遊憩區，與行政院農業委員會林務局新竹林區管理處觀霧國家森林遊樂區範圍多所重疊，不明究裡的遊客心裡或多或少會在心裡打上個問號，其實這樣的疑問絲毫無損於觀霧地區的內涵與特色，反而讓遊客可經由更多的面相與資訊，深入來觀察與體驗觀霧的恢宏氣勢，植被之美與生物之豐，可謂一舉數得，完成一趟收穫盈盈的知性兼具感性之旅。

圖說

1 難得觀霧地區此刻的清朗，讓我們得以見識樂山與檜山起伏的稜線，湛藍的天光與皎白的雲影。

2 由樂山林道 3 公里處觀景臺，眺覽山色深淺有致的榛山與大霸尖山。

就恢宏氣勢而言，觀霧地區聯外道路固不無崎嶇迂迴之處，然初來乍到，踏上雲霧步道觀景臺舉目遠眺，如鋸齒狀綿延聳立的「聖稜線」及「雪山西稜」就橫亙於群巒疊翠的天際，近則榛山、檜山、樂山四周環伺，高低層次井然，溪谷與山稜相互交錯，忽而風起雲湧，輕煙薄霧昇騰，四下景物瞬息萬變，忽而清朗，忽而朦朧，磅礡氣勢直抒胸臆。

1 觀霧山椒魚在雪霸國家公園用心經營下，已展現顯著的保育成果和環境教育成效。
2 飄渺的雲霧為檜山巨木群步道披上漫無邊際的白紗，倍增其輕柔浪漫之美。

次就植被之美而言：從大鹿林道沿線高挺林立的柳杉林開始，直到進入觀霧核心地帶，健走或漫步於觀霧瀑布、榛山、檜山巨木群步道、賞鳥、蜜月小徑之上時，視覺的焦點就沉浸在這一片又一片濃得化不開的綠意中，或頂著亮藍的天，或披著白色的薄紗，都各有其曼妙的態樣，向遊人展露它迷人的丰姿。

再就生物之豐而言：森林本是諸多動物棲息的地方，諸如哺乳類動物、兩生爬蟲類、鳥類等多樣性動物把觀霧地區營造成一個生氣盎然的春天。更令人驚艷的是，臺灣檫樹與寬尾鳳蝶的絕配，與晚近生物調查所發現的觀霧山椒魚，更為觀霧地區的生物多樣性注入無限的活力。

帶著幾分捉摸不定的神秘，又有著大山的恆毅與堅定，卻又不失其輕柔與婉約的觀霧，等著你帶著一顆細膩的心前來傾聽、探索。

2

從觀霧的「霧」與「年輪」說起

泰雅族人稱觀霧為「Mogiri」(茂義利)，意為「更高一層的山嶺」，與我們今日佇立觀景臺上所瀏覽，由大霸尖山至雪山間連綿嶔奇的聖稜，不就是那更高一層的山嶺嗎?而日本話的「觀霧」則意為:「啊，已經起霧了。」兩者說法都非常貼切觀霧的自然環境。

「大鹿林道」沿著頭前溪源流的上坪溪河谷蜿蜒而上，行於路幅狹窄且崎嶇不平的山路上本無暇旁顧，只能聚精會神一逕往前，里程數隨著車子的搖來晃去而逐漸累積，21 公里後，原本陡升的路面漸趨緩，方有餘力得以環顧四周，周遭林相也在不知不覺中從低海拔的次生林、濶葉林中進入了一片高聳挺拔，蓊鬱蒼翠的柳杉林，讓人不覺從一路緊繃的氛圍中舒緩下來。

輕煙薄霧陣陣兜攏過來，過 25 公里後，雪霸國家公園觀霧地區的界碑已赫然在望，當遊人迫不及待的下車攝影留念時，卻少有人注意到其旁巍然矗立著一棵樹高達 45 公尺，胸圍 5.97 公尺，胸徑 1.9 公尺，樹齡約達 500 年的「臺灣扁柏」巨木，正悄然俯視著過往的遊客。

圖說

1 佇立在雪霸國家公園界碑的扁柏巨木悄然走過五百餘年的歲月。

2 輕柔的霧與扶疏的樹林，是觀霧讓人著迷的主題。

3 高聳挺拔，蓊鬱蒼翠的柳杉林。

回溯500年前，約莫就是明末清初的年代吧！它從開始萌櫱、成長、茁壯，在群山、樹海當中度過多少悠悠的歲月，既不知有明、清、民國的遞嬗、更不知有荷蘭據臺、鄭成功反清復明、臺灣割讓日本以迄二次世界大戰，臺灣重又回歸中華民國的一頁滄桑史話。

然而外界的地動天搖不曾撼動它，誓與天高的豪情壯志，且在厚實的肌理中，一圈又一圈的刻劃下年齡的屐痕，更值得慶幸的是，它未曾於斧鋸磨刀霍霍的年代慘遭屠戮，或因作為集材機纜線與滑輪的支柱而遭滅頂，卻奇蹟般的被保留下來，成為這段歷史的見證──讓我們得以從層層分明的「年輪」中，窺知它那漫長無言的歲月。

現在，我們就且乘著它環環擴散的輪廓，爬梳「觀霧」的紋理。

1 夕陽的餘暉映照在樂山群巒與輕煙薄霧上，越發呈現其魅偉壯碩。

2 杉樹林是觀霧森林中不容錯過的美景

2

幽幽森境 Natural Ecology

觀霧地區自然人文生態

GUANWU

海拔 2,000 公尺左右的觀霧，位在新竹縣與苗栗縣交界的地方，適處於臺灣的雲霧帶中，是個充滿浪漫與飄渺的地名。其實觀霧的轄境位處苗栗縣居多，連當地的「觀霧派出所」也是隸屬苗栗縣警察局大湖分局；然而從苗栗並無順暢的交通動線可資連結，必須繞行省道臺 3 線、南清公路、大鹿林道，在新竹縣境兜一大圈才能到觀霧。

觀霧的過往與現況

觀霧的過往

日治時期的大正 11 年 (1922 年)，日人為加強對這片山區的掌控，從苗栗的二本松沿著北坑溪溪谷，經由雪見到茂義利 (觀霧)，闢建了一條長 32 公里的警備道路，即現在雪霸國家公園內僅留殘跡的「北坑溪古道」，而古道兩端的觀霧及雪見，現今則已分別規劃成立雪霸國家公園「觀霧」及「雪見」遊憩區。

而觀霧地區的原始森林資源隨著警備道路的闢建，逐漸為日人所看見進而開採。昭和 16 年 (1941 年)，鹿場大山森林開始進行開發，昭和 18 年 (1943 年) 臺灣總督府殖產局新竹山林事務所成立，為本區獨立之林業行政管理機構。日人平戶吉藏開設之臺灣拓植會社於今竹東長春路設立出張所，開始砍伐鹿場大山檜木。

圖說
1 位於北坑溪古道上的榛駐在所舊照
2 樂山針闊葉混合林

光復後林務機關持續進行觀霧地區伐木作業，並於民國 54 年 3 月間完成「大鹿林道」闢建工程，以利砍伐林木之運送。直至民國 74 年，政府宣布全面禁止伐木，觀霧地區的伐木業亦自此停止。而此區林業行政機關歷經幾番改制易名後所稱的「竹東林區管理處」，也於民國 78 年 7 月 1 日裁撤改制為「新竹林區管理處」。而自此觀霧地區亦逐漸轉型於其所轄之觀霧國家公園森林遊樂區。

1

觀霧的現況

觀霧地區歷經時空轉變，歷史的更迭，
已成為國人親近自然的熱門景點之一。
而目前此區有雪霸國家公園所轄的觀霧遊憩區
及新竹林區管理處所轄的觀霧國家森林遊樂區，
兩者的範圍亦多所重疊。

雪霸國家公園觀霧遊憩區

民國 91 年 5 月 25 日，位於雪霸國家公園西北端，面積 29 公頃的「觀霧遊憩區」正式開園。而觀霧管理站暨遊客中心及大霸尖山登山口服務站落成啟用，也為眾多遊客提供完善的解說、觀光遊憩與登山服務。

觀霧地區不唯高山景致壯麗偉岸，聖稜連綿岩稜高聳，雲霧昇騰幻化萬千，且顧名思義，「觀霧」與「霧」肯定有難以切割的密切關係。「霧」或許是一道看得到、摸不著的阻隔，然何嘗不是另一種面相的美？因為朦朧與神秘更倍增其嫵媚的丰姿；更重要的是，「霧」成就了位於「霧林帶」中的觀霧之重要性：由於林木之美與生物之盛，而成為早期林務機關伐木、造林的主要地區。

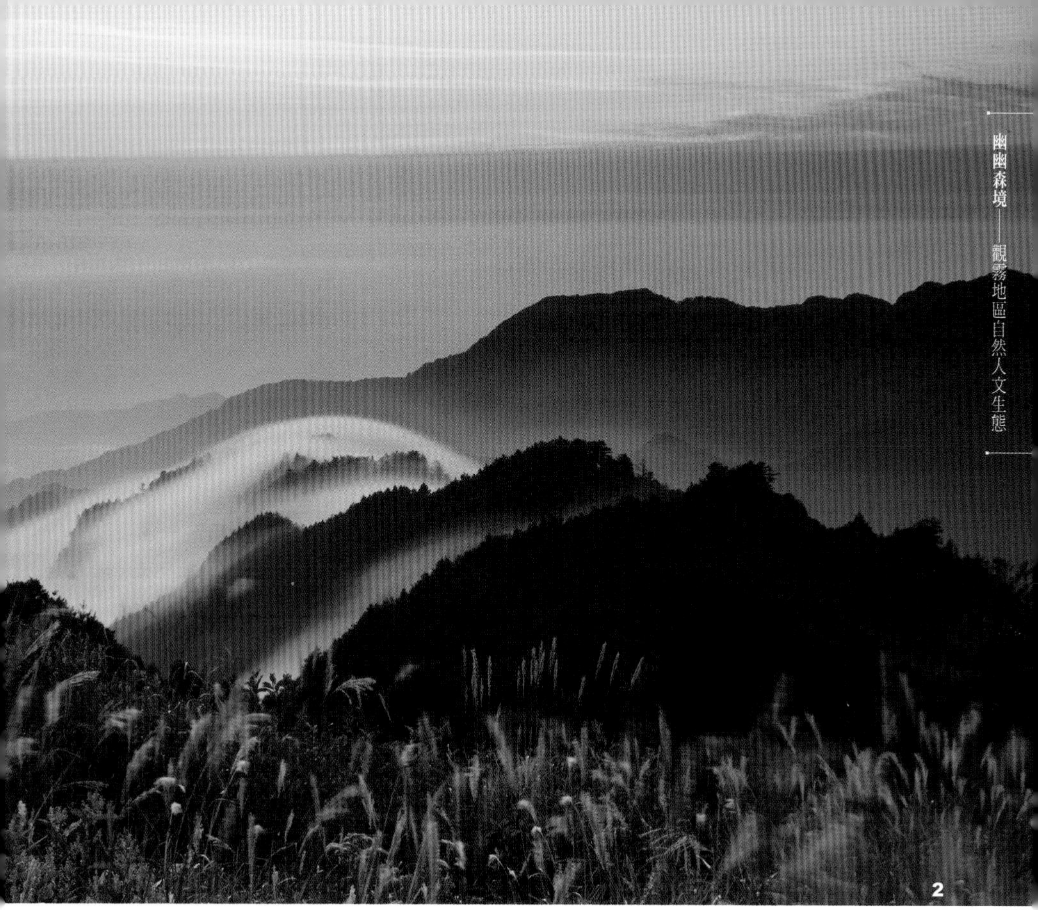

1 霧中夾帶的點點雨滴，讓人分不清是水是霧的空濛。

2 樂山林道晨昏觀景，山巒雲海皆有不同的風貌。

3 盈盈於眼前卻無從捉摸的霧，讓觀霧成為名副其實的「觀霧」。

1

當伐木走入歷史，山林重歸平靜，大地得以隨著歲月的累積而逐漸復原，使得觀霧具有至為豐富的多樣性動、植物資源及優美雄渾的地景等，因而成為雪霸國家公園保育的範圍之一。然隨著生活方式改變而戶外活動儼然成為社會主流的當兒，觀霧則進一步成為進行環境教育、生態解說及親子活動的最佳所在。

尤其在民國 89 年觀霧地區首次發現億年前孑遺稀有生物「觀霧山椒魚」後，雪霸國家公園便於民國 101 年將原觀霧遊客中心改為主題性的「觀霧山椒魚生態中心」，為遊客提供加強知性廣度與深度的導覽解說。

圖說

1 春雪中的觀霧山椒魚生態中心一隅

2 觀霧山椒魚是瀕臨滅絕的保育類野生動物

3 紫草科的臺北附地草小巧可愛，喜歡成群生長潮濕的山坡上。

4 漢葒魚腥可見於觀霧地區林下、溝坡、岩壁和路旁。

林務局新竹林區管理處觀霧國家森林遊樂區

民國 74 年政府宣布全面禁伐以後，不再以開發山林為務，轉而以自然生態保育，國土保安為施政方針，於是林務局林業政策改弦易轍朝向以發展森林旅遊為主的方向轉型。

新竹林區管理處將位於新竹縣五峰鄉與苗栗縣泰安鄉交界，海拔高度約 2,000 公尺，終年以雲霧飄緲而得名的「觀霧」，規劃為國家森林遊樂區。觀霧國家森林遊樂區是觀賞大霸尖山的最佳地點與攀登大、小霸群峰必經之處。區內建有檜山巨木群、觀霧瀑布、榛山、賞鳥、蜜月等 5 條森林步道，可通往樹齡已達千年以上的檜山巨木群，也可下達溪谷深處的瀑布；可觀賞日出、春、夏、秋、冬四季更迭的自然景觀，也是賞鳥的好地方。

圖說

1 蜜月小徑幽靜恬適的步道讓遊人樂遊其間
2 檜山巨木群步道沿途跨越溪流的吊橋
3 觀霧瀑布步道上生態甚為豐富
4 內政部警政署保安警察第七總隊第五大隊所屬的觀霧小隊

| 您可能不知道？ |

觀霧地區的警政單位

本區除雪霸國家公園及新竹林區管理處 2 個管理單位外，尚有位於「觀霧山椒魚生態中心」旁的保安警察第七總隊第五大隊觀霧小隊，及位於觀霧國家森林遊樂區「觀霧遊客中心」附近的苗栗縣警察局大湖分局觀霧派出所。若您有需要相關服務，也可向此兩單位洽詢。

觀霧的山形與溪流

觀霧的山形

觀霧地區為一處地形較為平緩的鞍部，四周為群山所環抱，山形頭角崢嶸，巍峨壯麗，立於雲霧步道觀景臺上可眺及前方的榛山、樂山、檜山盡收眼底；更遠處的奇峻山、頭鷹山、大南山、火石山、中山等亦能蒐羅於視界中；在樂山林道沿線的觀景臺中更可極目遠眺聖稜線由北至南，大霸尖山、小霸尖山、品田山、秀布蘭山、素密達山、穆特勒布山、雪山北峰、凱蘭特昆山、北稜角、雪山主峰、雪山南峰等一字排開的峻秀峰巒；向西可見諸大山底下的五指山、鵝公髻山等山巒。

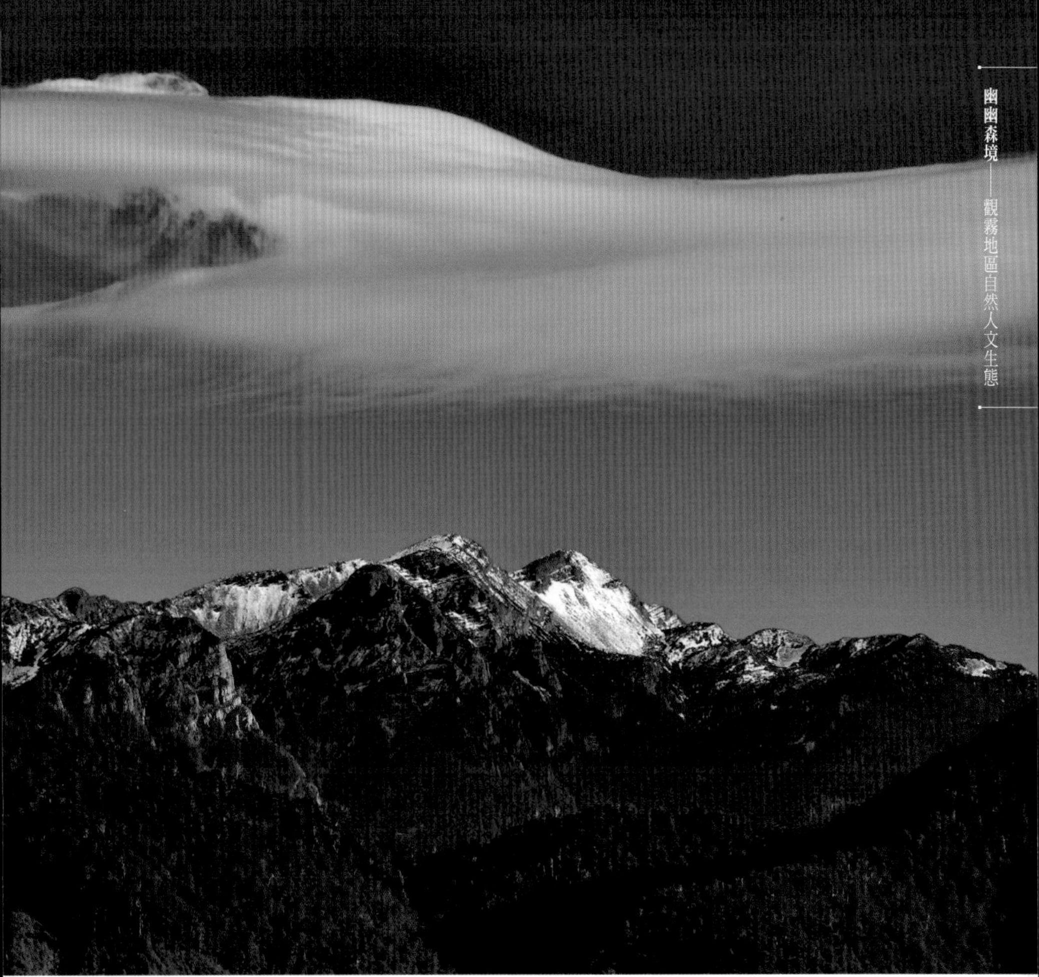

1 小霸尖山海拔 3,418 公尺，與大霸尖山比鄰對峙，山峰因劇烈的風化作用形成厚石岩錐，峻秀雄偉。

2 薄雪淺覆的聖稜線，在天光雲影間更顯其連綿壯麗，雄峙天際。

觀霧的溪流

圖說

1 馬達拉溪，泰雅族語的意思是紅濁的溪水，因這一段水域礦物質含量特別高，使得河床呈現赤褐色。

2 東線瀑布位於大鹿林道東線上，潺潺溪水由林道旁山壁源源泊流，形成一兩道水瀑，點綴於林道間成為秀麗一景。

觀霧地區為臺灣北部的頭前溪和中部的大安溪上游集水區，兩大水系分別流向西北的新竹市與西南的苗栗縣。

頭前溪上游為霞喀羅溪，發源於雪山山脈海拔 2,512 公尺的檜山西北側，向西北流至石鹿，經土場、清泉，於桃山與麥巴來溪會合後，始稱上坪溪，續向北流經五峰、上坪，於下公館附近與油羅溪會合後，改稱頭前溪。上坪溪長 44 公里，流域面積 253 平方公里，分布於新竹縣竹東鎮東部、橫山鄉西部及五峰鄉全境。南清公路上坪至清泉路段，大鹿林道均依沿上坪溪、霞喀羅溪溪谷至觀霧。

大安溪上游名為雪山溪，發源於雪山山脈的大霸尖山西側，向西流至東陽山北麓匯流馬達拉溪、至佳仁山、老松山間再匯流大雪溪、北坑溪及下游的南坑溪後，始稱大安溪。本區大鹿林道東即沿馬達拉溪向東至大霸尖山登山口。

2

觀霧

觀霧的森林與動物

觀霧的森林

觀霧地區位於海拔 2,000 公尺上下，適為臺灣中海拔針葉樹林與闊葉樹林交會地帶，亦是典型的雲霧森林。此處森林生長在終年濕潤、豐沛霧氣的環境下，不僅孕育著珍貴的檜木林，亦有豐富的蕨類植物，如：臺灣瘤足蕨、華中瘤足蕨與稀子蕨等。

觀霧林相由人工林和天然林所組成。人工林以柳杉造林地為主。而天然林則可分為針葉樹和闊葉樹兩部分，常見的針葉樹種有紅檜、臺灣扁柏、臺灣鐵杉、臺灣黃杉、臺灣肖楠、臺灣華山松、臺灣杉、臺灣二葉松、巒大杉、紅豆杉及臺灣粗榧等，其中以檜山巨木群步道上的 5 棵千年紅檜巨木，最富盛名。

圖說

1 紅檜
2 臺灣鐵杉林
3 臺灣粗榧
4 臺灣二葉松林

而常見的闊葉樹種有樟科的紅楠、牛樟、霧社木薑子，與殼斗科的卡氏櫧、森氏櫟及狹葉高山櫟等。另外，其它常見伴生優勢樹種有雲葉、木荷、臺灣紅榨槭、臺灣赤楊與化香樹等。此外更有臺灣檫樹、棣慕華鳳仙花、黃花鳳仙花、新店當藥、八角蓮、撬唇蘭、臺灣一葉蘭等稀有植物。

1 臺灣一葉蘭
2 棣慕華鳳仙花
3 撬唇蘭
4 臺灣赤楊花
5 狹葉高山櫟的果實
6 化香樹
7 八角蓮

Guanwu

檜木林

位於中海拔的觀霧地區，雨量多，溼度高，而且經常雲霧繚繞，正是檜木最適合生長的環境。森林形態呈現以針葉樹的紅檜和臺灣扁柏所形成的冠層喬木，下層則是以楠櫧植物為主的闊葉喬木、灌木及草本，樹幹上則密布著生植物及苔蘚，更有種類繁多的蕨類植物，在這片廣大的針闊葉混合林中，以紅檜和臺灣扁柏分布最廣、數量最多，一般習稱為「檜木林」。

圖說

1 雲霧飄渺的觀霧步道

2 臺灣扁柏與紅檜並稱檜木，是過往伐木期間最受歡迎且貴重的木材。

3 紅檜為臺灣特有種，高大而長壽是臺灣中海拔霧林的主要樹種。

3

1

臺灣檫樹 (*Sassafras randaiense*)

臺灣特有種，樟科落葉性喬木，分布於海拔 1,100~2,000 公尺左右的山區，為中海拔闊葉林樹種。屬第三季冰河孑遺植物，全世界檫樹屬植物僅有 3 種，其中臺灣檫樹特產於臺灣，在地史變動及植物演化過程研究上深具意義。

由於天然下種更新不易，在臺灣的族群日漸稀少。加上其幼葉也被認為是瀕臨絕種保育類寬尾鳳蝶的主要食草，所以地位更顯重要。觀霧的大鹿林道東線林道旁有片少有的臺灣檫樹林，目前已設為「臺灣檫樹生態保護區」，具有相當重要的自然生態保育與研究之意義。

圖說

1 臺灣檫樹與寬尾鳳蝶有著密不可分的生態關係。

2 臺灣檫樹初春盛開時的金黃色的花朵，在藍天映襯下益顯璀燦。

3 臺灣檫樹的花呈圓錐花序，開花時節甚為吸睛。

4 臺灣檫樹為樟科的落葉性喬木，葉為菱形卵狀，具有 4 公分長的葉柄。

3

4

棣慕華鳳仙花
(*Impatiens devolii*)

圖說

1 淡紫色的紫花鳳仙花，普遍生長於中海拔森林邊緣的山溝或稍有光線的林下。

2 黃花鳳仙花只生長於臺灣北部山區，分布地點相對稀少零星，在觀霧地區的族群分布甚為穩定。

3 棣慕華鳳仙花只分布於新竹縣與苗栗縣交界的觀霧山區，群聚生長在林道或步道旁。

臺灣原生的鳳仙花共有 3 種，分別為棣慕華鳳仙花、黃花鳳仙花及紫花鳳仙花。三者皆為臺灣特有種，各有其分布範圍。而或許是由於觀霧地區潮濕霧林的環境，可以同時在此區見到這 3 種美麗且具在地特色的植物。

這 3 種鳳仙花中，棣慕華鳳仙花和黃花鳳仙花最為珍貴，它們比紫花鳳仙花更挑生長環境。而當中棣慕華鳳仙花的棲地，在全世界中僅分布於觀霧遊憩區之鄰近區域，佔有面積小於 100 平方公里，屬於小而且狹隘分布的族群。根據 IUCN 認定的稀有植物受威脅程度分類標準，將其歸類為易受害（vulnerable），因此棣慕華鳳仙花早已被雪霸國家公園列為優先保育的稀有植物。

觀霧的動物

觀霧地區在早期的伐木事業告一段落之後，經過多次的造林作業，老熟天然林、演替早期次生林，以及人工栽植的柳杉及臺灣杉，鑲嵌成觀霧的森林地景。在這多樣的環境中，各有在當中棲息活動的動物。

1

42

觀霧的哺乳類動物

哺乳類動物方面，較具代表性的有臺灣水鹿、臺灣野豬、山羌等。另外，屬於翼手目的哺乳動物的──蝙蝠，記錄到 24 種之多，僅次於雪見地區，雖物種組成稍有不同，亦為國內蝙蝠種類極高處之一。

圖說

1 山羌為臺灣特有亞種，草食性動物。
2 黃胸管鼻蝠於園區內僅於觀霧與雪見地區有捕獲紀錄，屬不常見物種。
3 臺灣森鼠為臺灣特有種，屬於高山普遍分布的鼠類。
4 白面鼯鼠為臺灣特有亞種 ，夜行性動物，白天於樹洞中休息，夜間利用飛膜藉由氣流滑行。
5 在觀霧的大鹿林道及大霸尖山地區，曾發現臺灣小黃鼠狼蹤跡。

1

臺灣水鹿 (*Cervus unicolor swinhoei*)

為臺灣最大鹿科動物，日行性，以清晨及黃昏為活動高峰。臺灣水鹿以植物的葉、芽、漿果等為食，在食物資源缺乏的環境，有時也會啃食樹皮。過去分布範圍最低可到海拔 300 公尺，目前則主要分布在海拔 2,000 公尺以上山區。水鹿對於人類的警覺性很高，所以在野外極少能目擊到野生水鹿，目前研究人員多半是靠排遺、蹄印或食痕等來了解其生態習性，而觀霧地區的水鹿紀錄為目前園區內 3 個遊憩區域之冠。

1 臺灣水鹿為臺灣特有亞種，是臺灣最大型的草食動物。

2 臺灣水鹿會進行季節性的換毛，冬季為暗褐色。

1

臺灣野豬 (*Sus scrofa taivanus*)

體型碩大，體長可達 1.3 公尺，雄豬具有明顯的獠牙。喜歡群居活動。活動範圍從海拔 1,000~3,000 公尺的森林都可見到牠們蹤跡。臺灣野豬為雜食性動物，喜歡挖洞及掘土找尋食物，以植物的根莖部位為主，而觀霧地區的步道、天然林及觀霧山椒魚環境教育園區內的棲地都曾有臺灣野豬造訪及拱土的紀錄。

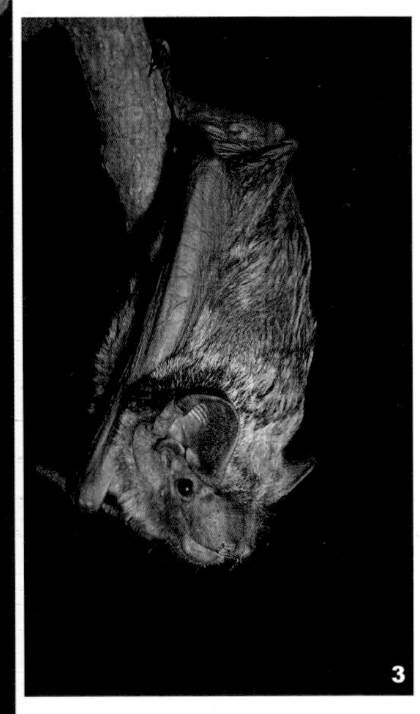

圖說
1 臺灣野豬為雜食性動物，活動範圍廣。
2 在雪霸國家公園觀霧地區再度發現霜毛蝠蹤跡，顯示環境涵養眾多物種特殊性。
3 全身有如灑上糖霜般的「霜毛蝠」

霜毛蝠 (*Vespertilio sinensis*)

屬夜行性蝙蝠，前臂長約 4.7 公分，全身毛色有著如灑上糖霜般的色澤，所以得到「霜毛蝠」的稱號。以昆蟲為食物來源。本種在臺灣的初次發現紀錄為 1952 年於臺中市東勢所採集到的標本，之後則直到 2006 年才再次於觀霧地區發現其蹤跡，中間相隔達 54 年之久，屬於罕見物種。

1

觀霧的鳥類

觀霧也是臺灣中海拔地區鳥況最好的地方，較特殊或常見的有黑長尾雉、藍腹鷴、臺灣山鷓鴣、臺灣噪眉、黃胸藪眉、黃山雀、青背山雀、煤山雀、小鶯、深山鶯、臺灣叢樹鶯等。

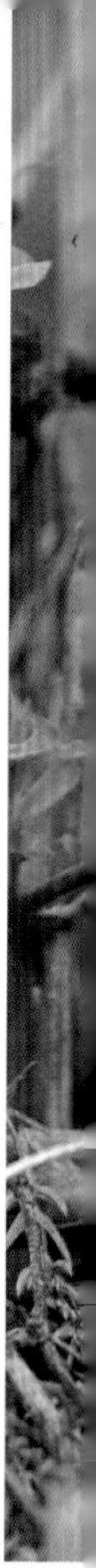

2

3

圖說

1 青背山雀鳴聲悅耳且富變化，以昆蟲為主食。

2 白耳畫眉是中海拔闊葉林上層的優勢鳥種，冬天會降遷至低海拔地區。

3 山紅頭為林下灌層鳥類，特別喜歡森林邊緣的草生地，常與繡眼畫眉結為混群，一起活動覓食。

4 臺灣叢樹鶯全身大致為棕褐色，活動於中高海拔的草生地。

5 黃胸藪眉身體大致呈橄欖綠，部分羽毛具金黃色光澤。

6 煤山雀最明顯的特徵為頭部的黑色冠羽

黑長尾雉（*Syrmaticus mikado*）

為臺灣特有種鳥類，俗稱「帝雉」，雉科，雄鳥全身為藍黑色，尾羽黑白相間；雌鳥為黃褐色而帶斑點，分布於海拔 1,800 至 3,400 公尺原始針闊葉混合林或針葉林帶下層。黑長尾雉以植物的嫩葉、新芽、種子、漿果或或小型脊椎動物為食。在晨昏、濃霧或下雨過後，漫步在觀霧遊憩區的各步道，都有機會瞥見牠們的蹤跡。我國千元大鈔背面以其為代表臺灣特有的動物圖案。

觀霧的兩生爬蟲類

1

常見爬蟲類有史丹吉氏斜鱗蛇、玉斑錦蛇、臺灣赤煉蛇、臺灣標蛇、黑眉錦蛇、過山刀等。兩棲類則有觀霧山椒魚、莫氏樹蛙、盤古蟾蜍等。尤其珍貴的是屬保育類動物的觀霧山椒魚，僅分布於中高海拔山區的溪谷間，數量極為稀少，是相當具有研究價值的孑遺動物。

2

圖說

1 觀霧山椒魚的尾巴與其它種山椒魚相比相對較短，前後肢的腳趾皆為 4 趾。

2 盤古蟾蜍是臺灣蛙類中分布海拔最高、體型最大的種類。廣泛分布於臺灣全島各地，從平地到三千公尺的高山，都有牠們的蹤跡。

3 麗紋石龍子是臺灣大型石龍子中分布最廣的種類，主要活動於低海拔至高海拔的環境。

4 玉斑錦蛇又名高砂蛇，為「珍貴稀有」保育類野生動物，屬日行性蛇類，喜歡居住在山區森林底層或是岩石與草叢交錯的地帶。

5 擬龜殼花為中型蛇類，無毒，主要分布在臺灣 1,500 公尺以下地區，其外貌與龜殼花十分相似。

4

5

莫氏樹蛙 (*Rhacophorus moltrechti*)

屬於兩生類無尾目的莫氏樹蛙，可是有尾目山椒魚的遠親。莫氏樹蛙為臺灣特有種。綠色的體背常會隨著環境而變化，從淺綠到褐色都有可能。腹部及體側常有黑色斑點，最特別的是，後肢股部內側呈現橘紅色，因此常有人戲稱牠穿了條紅內褲。莫氏樹蛙是臺灣綠色樹蛙中分布範圍最廣，也是最常見的一種，經常可在水溝或其他易積水的潮濕區域發現其蹤跡。而在觀霧山椒魚生態中心周邊的水溝及水池就常常可看到莫氏樹蛙的蝌蚪喔！

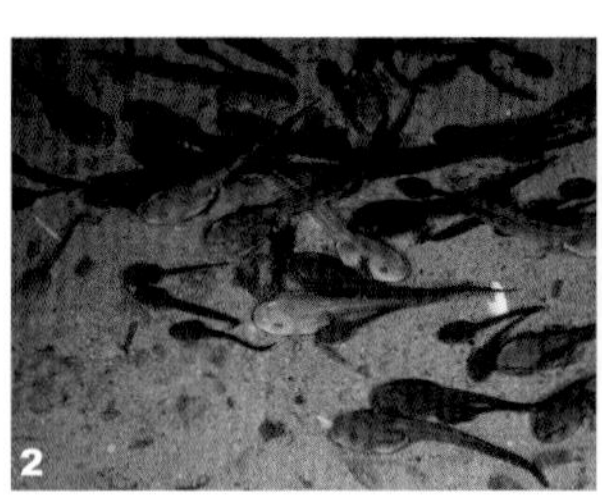

圖說

1 莫氏樹蛙是臺灣海拔 2,500 公尺以下的山區最常見的綠色樹蛙，分布也最廣泛。

2 莫氏樹蛙的蝌蚪

3 莫氏樹蛙的背面綠色，股部內側為橘紅色。

4 斜鱗蛇因其前半部身體的背鱗斜行，而得名。

5 史丹吉氏斜鱗蛇體色多變，身上有明顯的淺色花紋。

史丹吉氏斜鱗蛇 (*Pseudoxenodon stejnegeri stejnegeri*)

為臺灣特有亞種，分布於海拔1,000~2,500公尺上下的山區。體背色一般為褐色，但不同個體間的體色差異很大，而呈現紅褐色、灰褐色或綠褐色等，因為前半部身體的背鱗斜行，而得到「斜鱗蛇」之名。史丹吉氏斜鱗蛇無毒，但受驚嚇時，頸部會膨脹呈扁平狀，如眼鏡蛇般。為觀霧地區常見的蛇類。

山椒魚

山椒魚是有尾的兩棲類動物，外型酷似蠑螈，主要分布在亞洲北部的西伯利亞、中國大陸東北、韓國及日本等地區，棲息於冷涼的溪流岸邊、森林底層或高山草原的潮濕環境。位處亞熱帶的臺灣，何以出現喜愛寒涼氣候的山椒魚，根據研判這些山椒魚是在冰河時代南移臺灣，後來遇到冰河消退、氣溫升高和板塊運動隆起，牠們為了生存，只能往臺灣中高海拔的山區尋找避難所，中高海拔雲霧繚繞的濕氣以及低溫，是臺灣山椒魚的主要分布區塊，而臺灣也成為世界上山椒魚分布的最南限。目前臺灣已知的山椒魚共有 5 種，皆為臺灣特有種及瀕臨絕種保育類野生動物，而其中觀霧山椒魚、臺灣山椒魚及南湖山椒魚在雪霸園區內都有過發現的紀錄。

圖說

1 楚南氏山椒魚分布在中央山脈中北段，前腳趾為 4 趾，後腳趾則為 5 趾。

2 阿里山山椒魚分布較廣、數量較多，與楚南氏山椒魚一樣，前腳趾為 4 趾，後腳趾則為 5 趾。

1

2

【雪霸園區內的山椒魚種類】

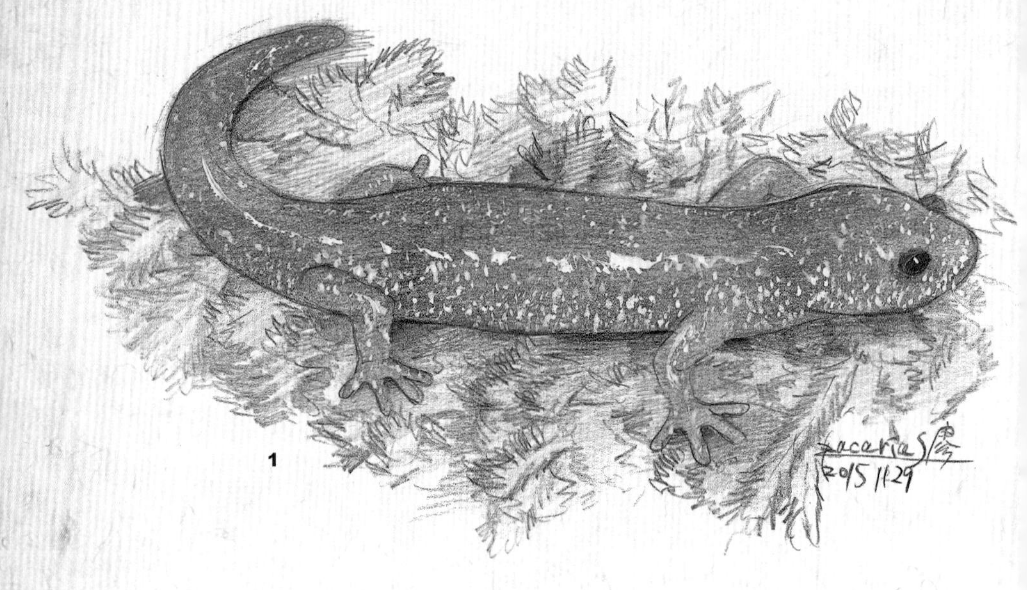

1

觀霧山椒魚

(***Hynobius fuca***)

近年 (民國 97 年) 甫被正式命名發表的新種山椒魚，而觀霧地區是本種最早被採集紀錄的地點。觀霧山椒魚主要分布在雪山山脈中部及北部，最低可到海拔 1,100 公尺，是臺灣 5 種山椒魚中海拔分布最低者。身體全長可達約 10 公分，背部體色為深褐色到黑色，全身布滿了細小的白點，尾巴較其他種山椒魚短且略扁。前後肢的腳趾皆為 4 趾。觀霧山椒魚與其他山椒魚一樣，喜歡躲藏在山溝、小野溪旁的潮濕森林底層。觀霧山椒魚採機會主義覓食，底層的蜈蚣、馬陸、蚯蚓、鼠婦、鞘翅目與雙翅目等無脊椎動物，都是牠的獵物。冬季是山椒魚的繁殖期，牠們會移動到流速緩慢的溪水中產卵，孕育下一代。

2

圖說

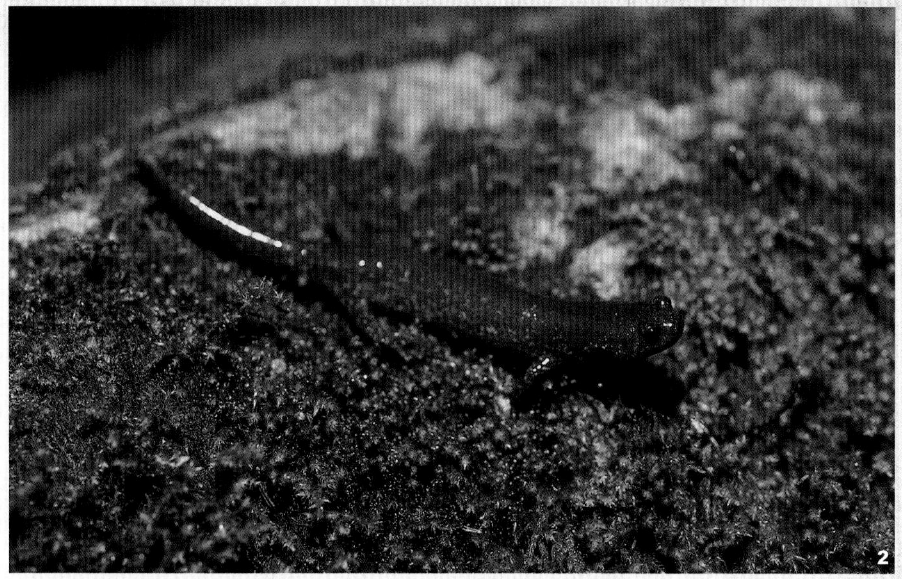

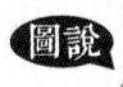

1 觀霧山椒魚全身布滿了細小的白點，尾巴較其他種山椒魚短且略扁。前後肢的腳趾皆為 4 趾。

2 觀霧山椒魚是臺灣 5 種山椒魚中拔分布最低，卻也是最晚被發現的一種。

3 觀霧山椒魚喜歡躲藏在山溝、小野溪旁的潮濕森林底層。

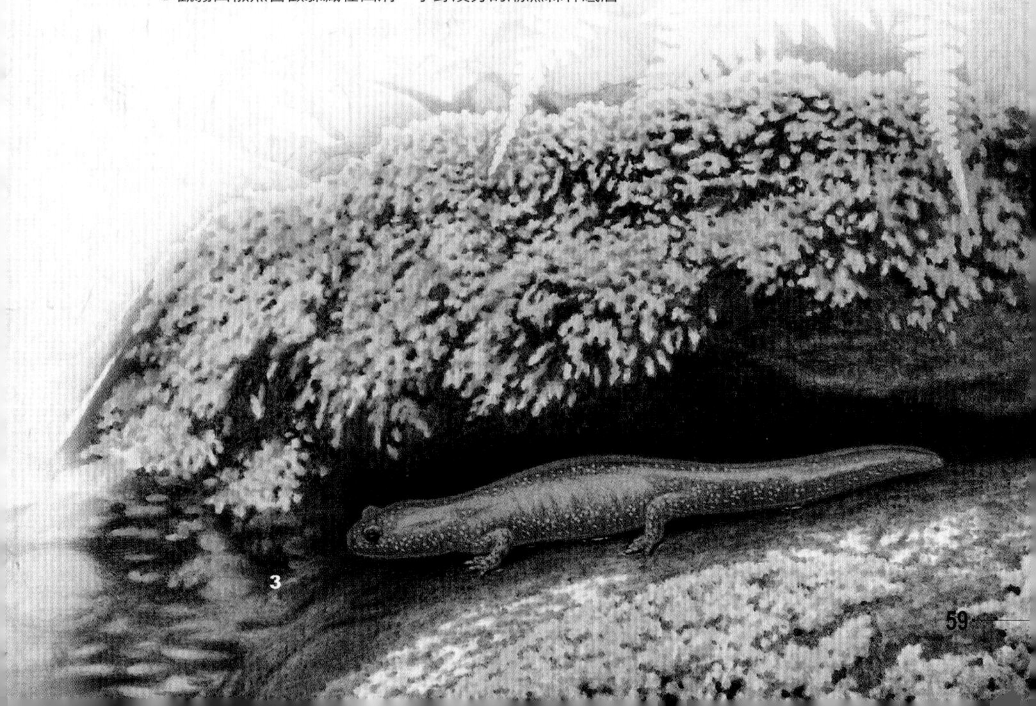

3

南湖山椒魚 (*Hynobius glacialis*)

主要分布在中央山脈北段及雪山山脈海拔 3,000 公尺以上地區。一般在溪流、湧泉或石壁滲水處附近的石頭下可見。身體為黃褐色，密布深褐色蠕蟲狀斑紋。其前趾為 4 趾，後腳趾為 5 趾，一般全長在 12 公分以上，為臺灣 5 種山椒魚中體型最大者。在園區內的雪山翠池一帶曾發現牠們的蹤跡。

臺灣山椒魚 (*Hynobius formosanus*)

分布在中央山脈中北段，主要棲息於海拔約 2,100 至 3,000 公尺之間的中高海拔原始森林底層。其背部體色為紅褐色，上面有大小不一的黃褐色斑點。與觀霧山椒魚一樣，前後肢的腳趾皆為 4 趾。園區內曾在大雪山林道有過發現紀錄。

1

觀霧的蝶類

觀霧最著名的蝶類就屬寬尾鳳蝶，牠的幼蟲只以臺灣檫樹的嫩葉為食草，因此分布受到限制，數量相當稀少，係瀕臨絕種蝶類，每年 5~8 月的是觀賞寬尾鳳蝶的時節。

2

圖說

1 升天鳳蝶翅面寬大具黑色條紋排列
2 曙鳳蝶為臺灣特有的高山鳳蝶物種及保育類的蝴蝶
3 大紅紋鳳蝶屬於大型鳳蝶，在臺灣地區從北到南，能適應非常多樣的環境，分布十分普遍。
4 臺灣波紋蛇目蝶，後翅腹面有 3 枚擬眼紋。

1

寬尾鳳蝶 (*Agehana maraho*)

為臺灣特有種，與臺灣檫樹同為冰河時期孑遺物種。因寬尾鳳蝶習性如同其棲息的中海拔霧林帶一般，始終帶著一層神秘的面紗，加上其主要發生期約 1 個月左右，所以日本人稱牠為「夢幻之蝶」。早在 1935 年即被日本人列為日本天然紀念物而加以保護。

寬尾鳳蝶喜歡在光照度充足的臺灣檫樹葉片上產卵，孵化後成為 2~4 齡的幼蟲會偽裝成鳥糞狀，以避免天敵的捕食。蛹的型態則會擬態成枯枝，冬天以「蛹」的狀態越冬。成蝶時間約為 4~8 月，此時也是觀賞牠們的最好時機，除了訪花採蜜外，雄蝶也會經常低飛至水邊或濕地吸水。

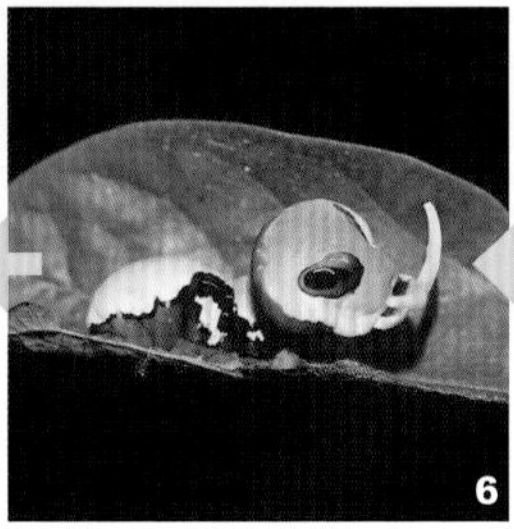

2

3

4

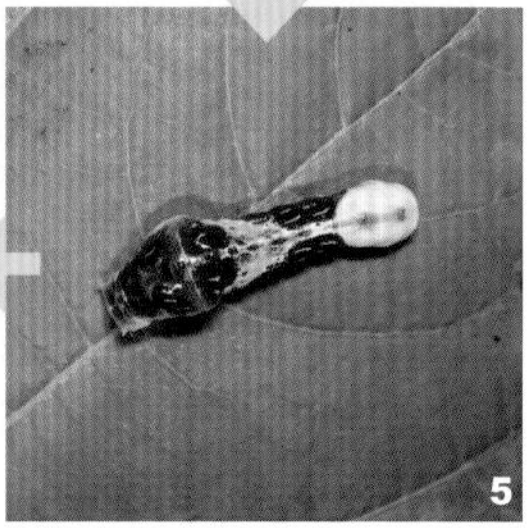

7

6

5

1 寬尾鳳蝶成蝶
2 臺灣檫樹與寬尾鳳蝶
3 卵
4 一齡幼蟲
5 鳥糞狀小幼蟲
6 終齡幼蟲
7 蛹
8 臺灣檫樹的幼葉

| 您可能不知道？ |

臺灣檫樹與寬尾鳳蝶

寬尾鳳蝶素有「國蝶」之稱，已被公告為瀕臨絕種保育類野生動物。牠的幼蟲食性單一，唯一食草就是「臺灣檫樹」。大鹿林道東線旁設立的「臺灣檫樹生態保護區」，也是已被公告的「觀霧寬尾鳳蝶野生動物重要棲息環境」，以保護其不受干擾地繼續繁衍新生命。

8

觀霧地區周邊的原住民

泰雅族與賽夏族雖聚居於雪霸國家公園範圍外，

但他們生活習俗已與雄偉的大自然融為一體……

圖說

1 矮靈祭是賽夏族人心目中最重要的祭儀活動。

2 賽夏族與泰雅族是住居於雪霸山腳下的子民。

觀霧地區位於新竹縣五峰鄉與苗栗縣泰安鄉行政區界內，區內除雪霸國家公園及林務局新竹林區管理處所屬單位外，並無居民住居。而與園區或毗鄰或重疊的五峰鄉，主要住民除少數賽夏族外，幾全為泰雅族的居住地，共計 27 社。其中泰雅族的祖靈祭以及賽夏族大隘部落的矮靈祭 (pasta'ay)，更為地方重要的文化資產。

原住民雖然居住於雪霸國家公園範圍外，但國家公園原本就是他們的傳統活動領域，生活習俗多與浩瀚的大自然合而為一。目前遺留於園區內的步道，本為昔日原住民族群狩獵、合婚或貿易等之重要途徑，故而在高山峻嶺間，甚至山峰絕頂處，隱約間都透露著原住民族群的足跡與智慧。而在泰雅族和賽夏族傳說中，他們的祖先都來自於大霸尖山，泰雅族更奉大霸尖山為聖山。

2

泰雅族

泰雅族是目前臺灣原住民中人口數量第三多的族群，居地幾乎占臺灣山地的三分之一，是原住民族中分布最廣的一支。

過往泰雅族傳統生活以狩獵、山田燒墾為主。於傳統文化中有紋面習俗，象徵著榮耀與責任，是種成熟的記號。男子必須在戰場上或狩獵時有英勇表現及才能；女子則必須具有靈巧的織布手藝及操持家務的能力，才具有紋面的資格。

另外，泰雅族亦具有發達的織布文化，其織布的技術繁複而且花色精美。織物的色彩以紅色為主，在泰雅傳說中紅色象徵著鮮血，具有生命力或無上的靈力，亦可以避邪；而織紋則以菱形紋為主，代表著祖靈的眼睛，意味著祖靈的庇佑。社會組織可分為部落組織、祭祀團體、共負罪責團體及狩獵團體等，其中以祖靈祭祀團體為主，最重要的祭儀活動為祖靈祭。

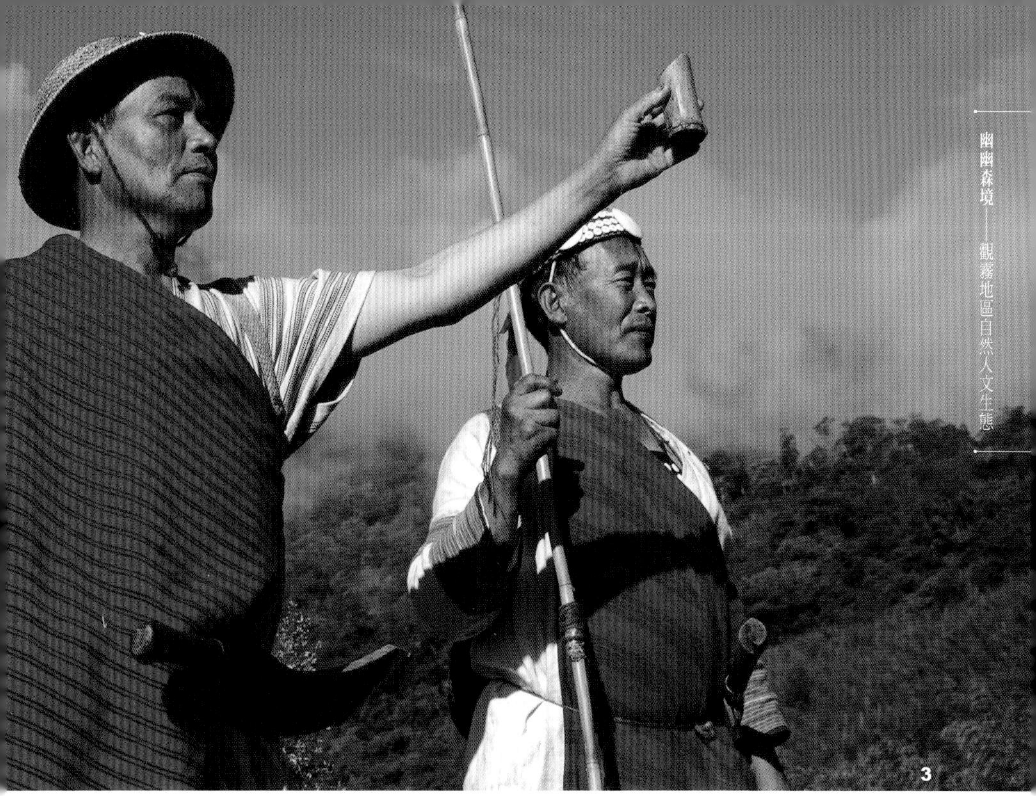
3

圖說

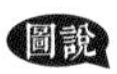

1 泰雅族紋面國寶

2 以苧麻為原料、以植物染料染色的泰雅族織布技藝，是原住民族中織品藝術最為精湛的族群。

3 泰雅族的服飾以紅色為主，具有避邪的意涵。

4 泰雅族瞭望臺是家屋附屬建築，用竹子以及茅草所搭蓋的，上下則是以竹梯相接，設在部落的出入口或通道據點，是族人守衛部落安全的制高點。

5 泰雅族傳統家屋，建材則依搭建地區就地取材，如竹子、木材、茅草等。

4

5

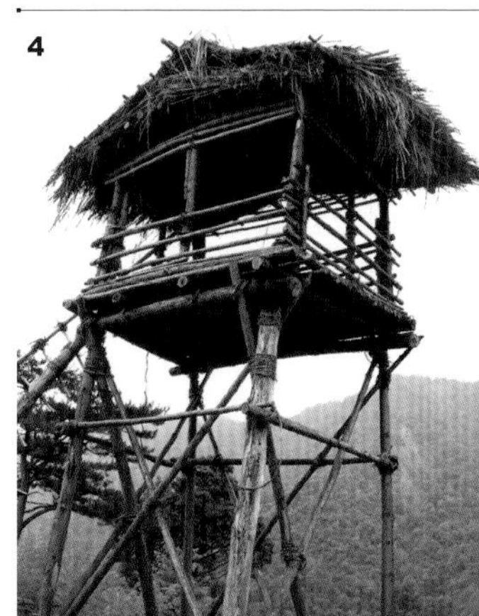

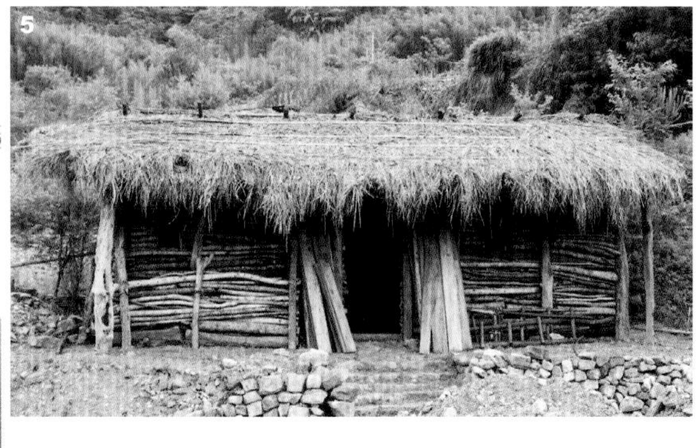

賽夏族為目前臺灣原住民中人口較少的一族，分布在新竹苗栗兩縣交界的山區。傳說賽夏族祖先源自大霸尖山山麓，之後移至大湖及苗栗一帶，其後又繼續往南移。而賽夏族以鵝公髻山和橫屏背山的稜線，分為南北兩群。

北賽夏族於新竹縣五峰鄉（大隘村、花園村），與泰雅族毗鄰而居，所以在文化及生活上受泰雅文化影響非常多，言語方面泰雅語已逐漸取代賽夏語成為日常生活用語；南賽夏則分布在苗栗縣

2

南庄鄉（東河村、南江村、蓬萊村）、獅潭鄉百壽村，因鄰近客家族群的生活區域，與客家人互動較為密切。另外，著名的賽夏族矮靈祭場向天湖即位於東河村內。

賽夏族為父系社會，有很清楚的姓氏制度，並以植物、動物或自然現象做為氏族的圖騰。如姓氏為「風」的族人傳説是風的後代；姓氏為「日」的族人相傳是神話中射日英雄的後代等。而氏族的主要功能便是作為外婚單位辨識的基礎，只要是同氏族的族人皆禁止通婚。另外部分氏族傳承世襲特定儀式的重要司祭權，如矮靈祭以朱姓為主祭；祈雨祭則由潘姓負責等。而過往賽夏族因深受泰雅文化影響也有也有紋面習俗。

1

1 矮靈祭儀式的舞步沒有花俏的動作，強調整體性的踏步，隨著祭歌腔調轉折引發出來的歌舞，徹夜維持著漩渦狀的隊形。

2 臀鈴是賽夏族矮靈祭典時特有的歌舞道具，以細竹管與薏仁的果實，用藤心、藤皮穿綴而成。

3 祭旗是賽夏族一種迎靈的高旗，在賽夏族人心目中的地位至高無上，嚴禁外人觸碰，儀式典禮進行中必須從頭至尾保持豎立，否則族人相信將發生不可知的災難。

| 您可能不知道？ |

矮靈祭

賽夏族稱之為「巴斯達隘 (pasta'ay)」，一般人則稱為「矮（人）靈祭」，為該族兩年一次最重要的祭典活動，也是臺灣原住民重要祭典之一，於民國 104 年 10 月獲文化部認證成為 17 個國家重要民俗文化資產之一。

祭典通常於秋收之後，農曆 10 月中旬月圓之夜起，舉行祭祀達隘靈魂儀式，連續三個夜晚從太陽下山舞至隔日太陽出來。矮靈祭從開始的「結繩約期」算起至「河邊送靈」為止，為時約 1 個多月，與其他族的祭典相較，是時間最長的一個祭儀。而其儀式保存非常完整，搭配的祭典歌曲章、節、句、曲調亦相當豐富，也因此民族音樂學家稱讚它為民間信仰與民俗曲藝的最完美的配合。

另外，祭典的禁忌也非常多且富神祕感，如：從結繩約期開始就不可以和人吵架或打罵小孩；參加祭典的族人及遊客都必須先至「祭屋」繫上芒草以祈求平安等。祭典也具有很深的教育性，啟發族人和平、尊重、互助、分享等觀念。

早期矮靈祭為每年舉行一次，日治時期日本政府擔心賽夏族人藉此聚集謀反，因而改為兩年一小祭，十年一大祭。大祭與小祭在儀式上並無沒有差別，只是多了一枝「大祭旗或稱高旗」，族人稱之為「sinaton」，大祭旗是一枝長約 15 公尺、尾端帶有綠竹葉的竹子，上頭掛有一塊紅布與白布。

Guanwu

Tourist Attractions

樂遊觀霧

觀霧地區
休閒旅遊導覽

觀霧地區近年來因雪霸國家公園的成立，登山風氣的盛行，已成為北部大都會區重要的旅遊景點，唯在聯外交通的限制下固然讓遊客有所不便，但相對的也為觀霧地區的旅遊人潮形成相當程度的節制，使得觀霧地區保有一份自然清新，跳脫紅塵之外的靈性之美。

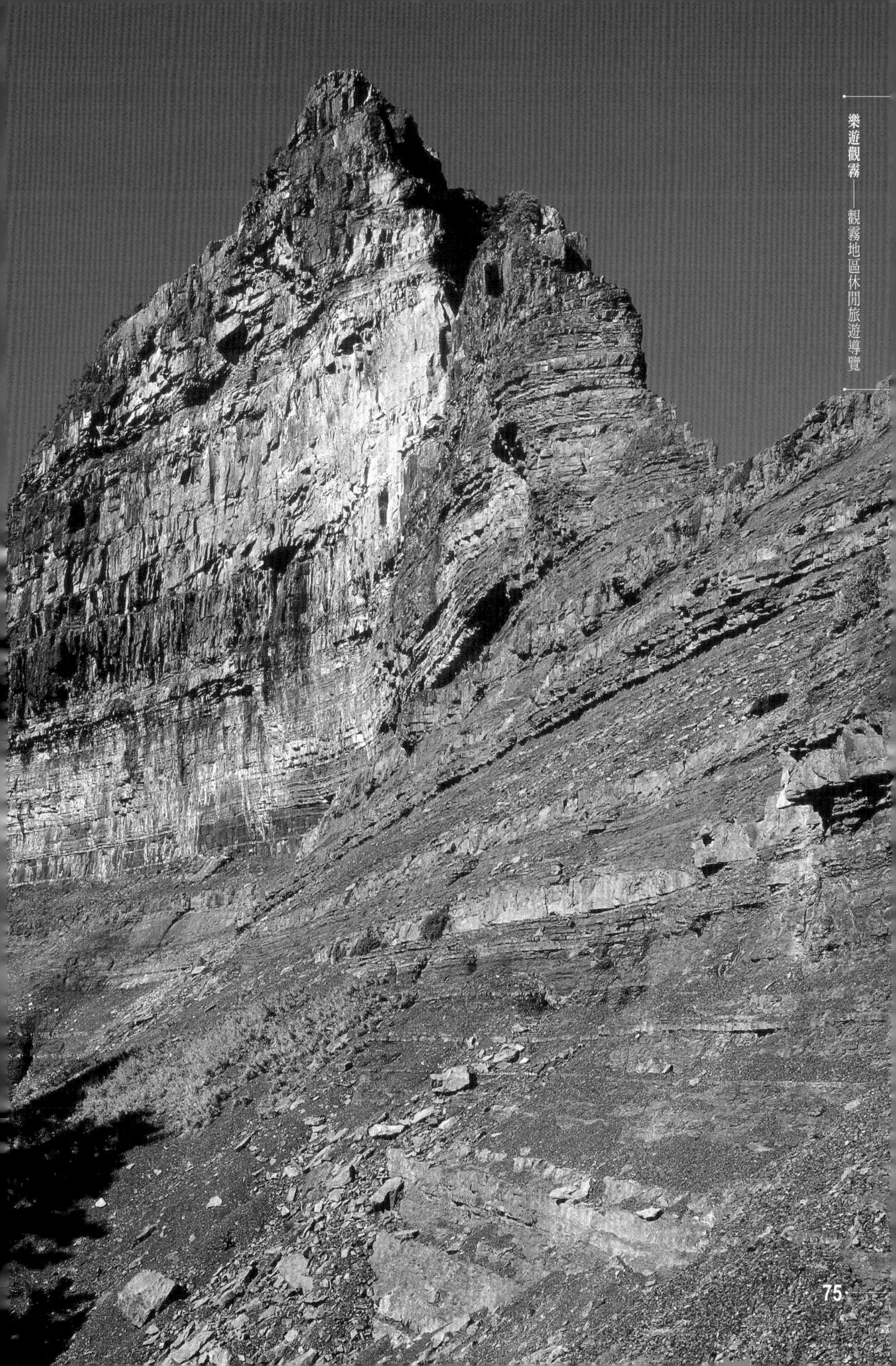

觀霧遊憩區
路線導覽圖
竹東
竹東林業展示館
68
120
3
76
橫山
往尖石
合興
竹34
竹35
油
羅
溪
內灣
田寮
大山背山
705m
大山背
120
油羅山
721m
122
上
坪
溪
竹37
瑞峰
上坪老街
上坪
大窩浪
天湖
往尖石
莊厝
竹62
竹62
花園
五指山
1062m
五指山風景區
南口
竹63
五峰
泰平
隘口
竹林
大隘
竹63
茅圃
鬼澤山
1040m
鵝公髻山
579m
山上人家
桃山隧道

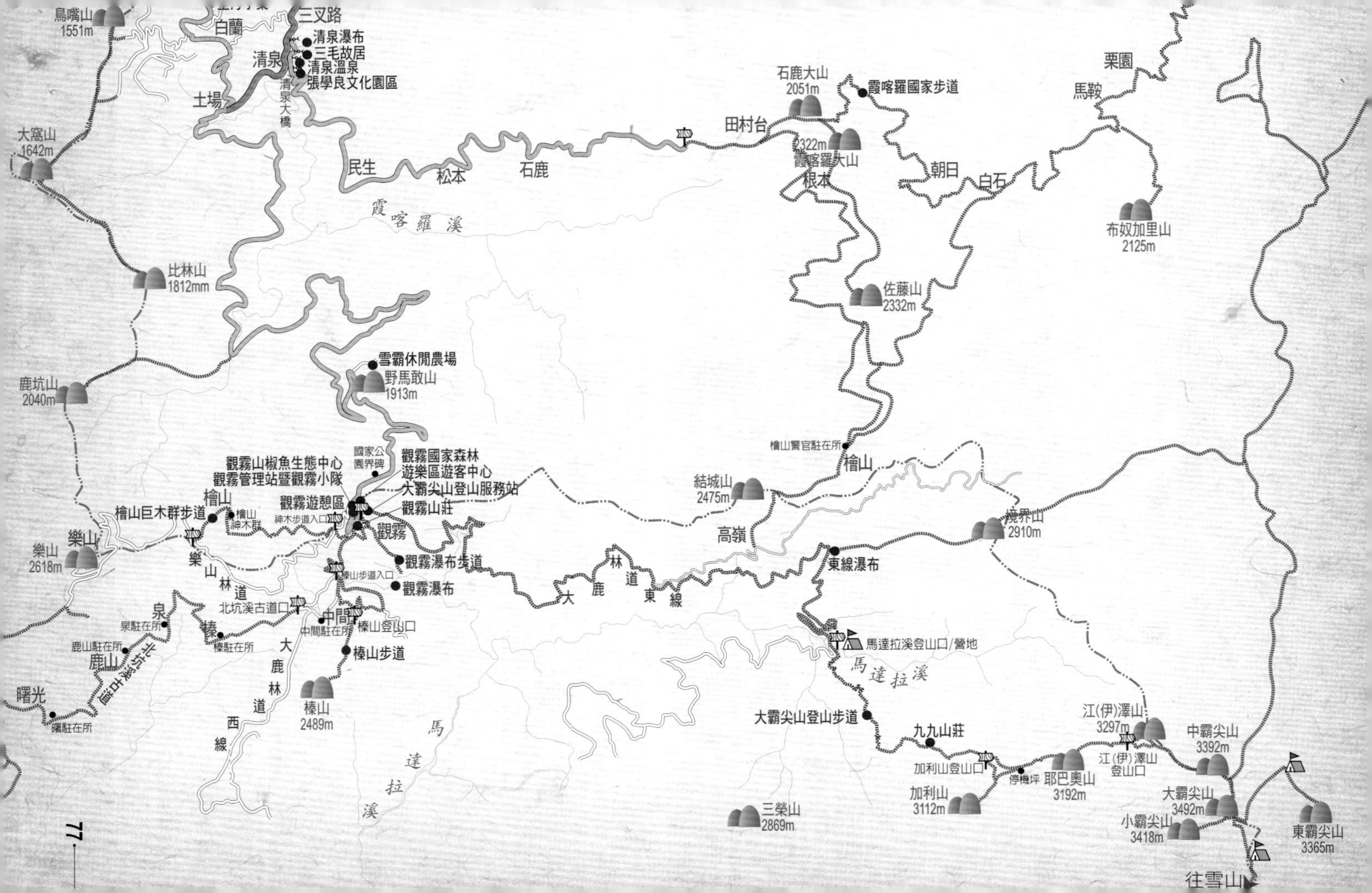

烏嘴山
1551m
三叉路
白蘭
清泉
清泉瀑布
三毛故居
清泉溫泉
張學良文化園區
清泉大橋
土場
大窩山
1642m
民生
松本
石鹿
霞喀羅溪
比林山
1812mm
鹿坑山
2040m
雪霸休閒農場
野馬敢山
1913m
國家公園界碑
觀霧國家森林遊樂區遊客中心
大霸尖山登山服務站
觀霧山莊
觀霧山椒魚生態中心
觀霧管理站暨觀霧小隊
觀霧遊憩區
檜山
檜山巨木群步道
檜山神木群
神木步道入口
觀霧
觀霧瀑布步道
觀霧瀑布
榛山步道入口
樂山
2618m
樂山林道
泉
泉駐在所
榛
榛駐在所
北坑溪古道口
中間
中間駐在所
榛山登山口
榛山步道
鹿山駐在所
鹿山
北坑溪古道
曙光
曙駐在所
大鹿林道西線
榛山
2489m
馬達拉溪
石鹿大山
2051m
霞喀羅國家步道
田村台
2322m
霞喀羅大山
根本
朝日
白石
栗園
馬鞍
布奴加里山
2125m
佐藤山
2332m
檜山警官駐在所
檜山
結城山
2475m
高嶺
大鹿林道東線
境界山
2910m
東線瀑布
馬達拉溪登山口/營地
馬達拉溪
大霸尖山登山步道
九九山莊
加利山登山口
停機坪
耶巴奧山
3192m
加利山
3112m
三榮山
2869m
江(伊)澤山
3297m
江(伊)澤山登山口
中霸尖山
3392m
大霸尖山
3492m
小霸尖山
3418m
東霸尖山
3365m
往雪山

道路交通動線

本區聯外道路僅有新竹縣道 122 線的南清公路，及以「土場」為起點的大鹿林道。

區內道路交通則以大鹿林道東線 (步道，通行路段 19 公里)、大鹿林道西線 (步道，通行路段 2 公里) 及樂山林道 (開放通行路段 6.5 公里) 為遊憩及登山活動軸線。

【觀霧遊憩區聯外道路】

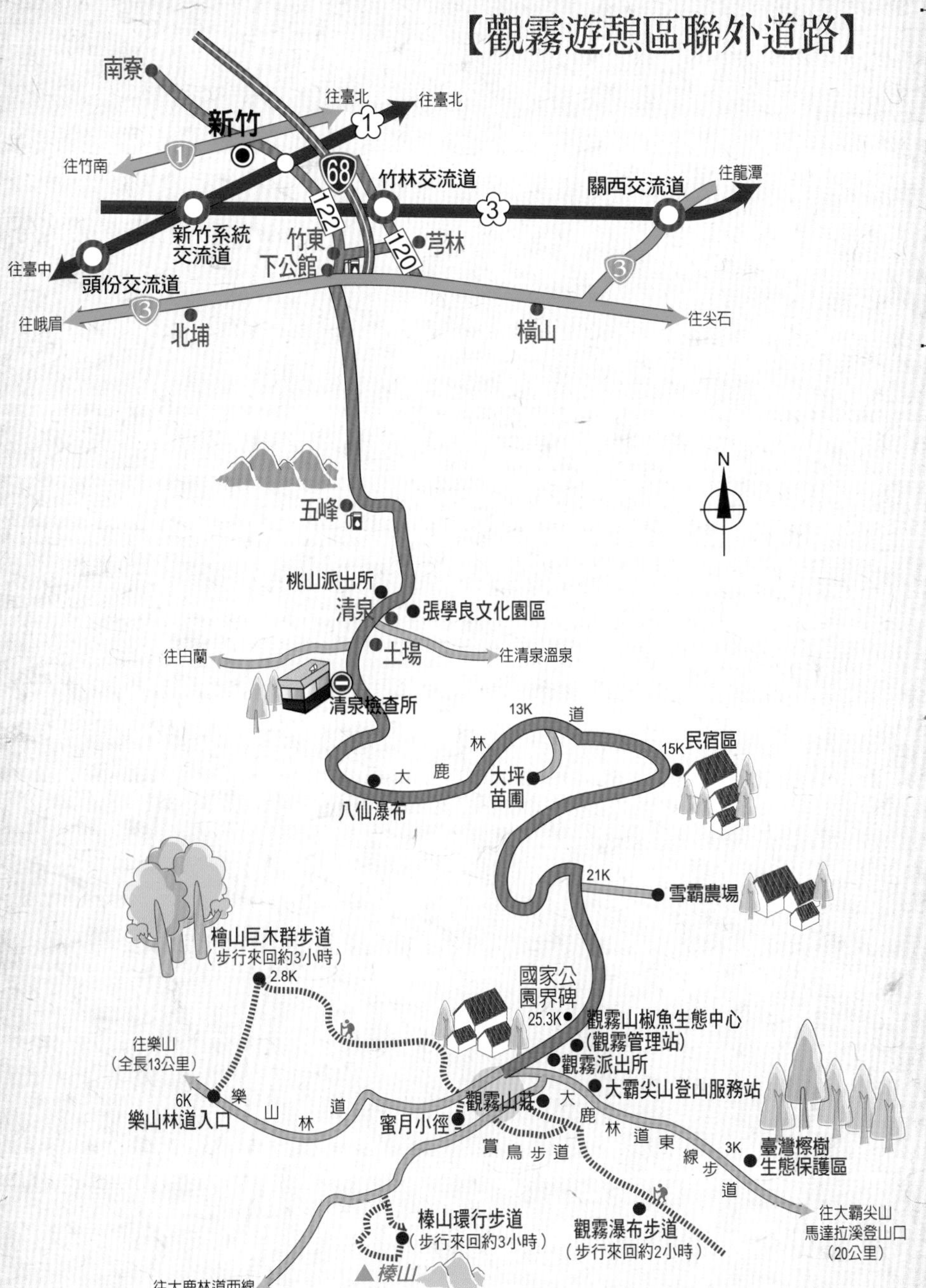
南寮
新竹
往臺北
往臺北
往竹南
竹林交流道
關西交流道
往龍潭
新竹系統交流道
竹東
芎林
下公館
往臺中
頭份交流道
往峨眉
北埔
橫山
往尖石
N
五峰
桃山派出所
清泉
張學良文化園區
往白蘭
土場
往清泉溫泉
清泉檢查所
13K
大鹿林道
15K
民宿區
大坪苗圃
八仙瀑布
21K
雪霸農場
檜山巨木群步道
（步行來回約3小時）
2.8K
國家公園界碑
25.3K
觀霧山椒魚生態中心
（觀霧管理站）
往樂山
（全長13公里）
觀霧派出所
6K
樂山林道
大霸尖山登山服務站
樂山林道入口
觀霧山莊
蜜月小徑
大鹿林道東線步道
賞鳥步道
3K
臺灣檫樹生態保護區
榛山環行步道
（步行來回約3小時）
觀霧瀑布步道
（步行來回約2小時）
往大霸尖山馬達拉溪登山口
（20公里）
榛山
往大鹿林道西線

聯外交通動線及景點

縣道 122 線（南清公路）

【路線】 新竹縣道 122 線→竹東鎮 (22.5k，與省道臺 3 線交岔路口)→五峰 →桃山隧道→清泉 (48 K) →土場 (50.4K)

新竹縣道 122 線又稱「南清公路」，即西起新竹市南寮漁港，東至新竹縣五峰鄉清泉部落止，全長 50 公里。沿線經過新竹市區、竹東市區、五峰鄉區以迄清泉部落。自員崠以上進入山區，路幅縮小，山路蜿蜒彎曲。

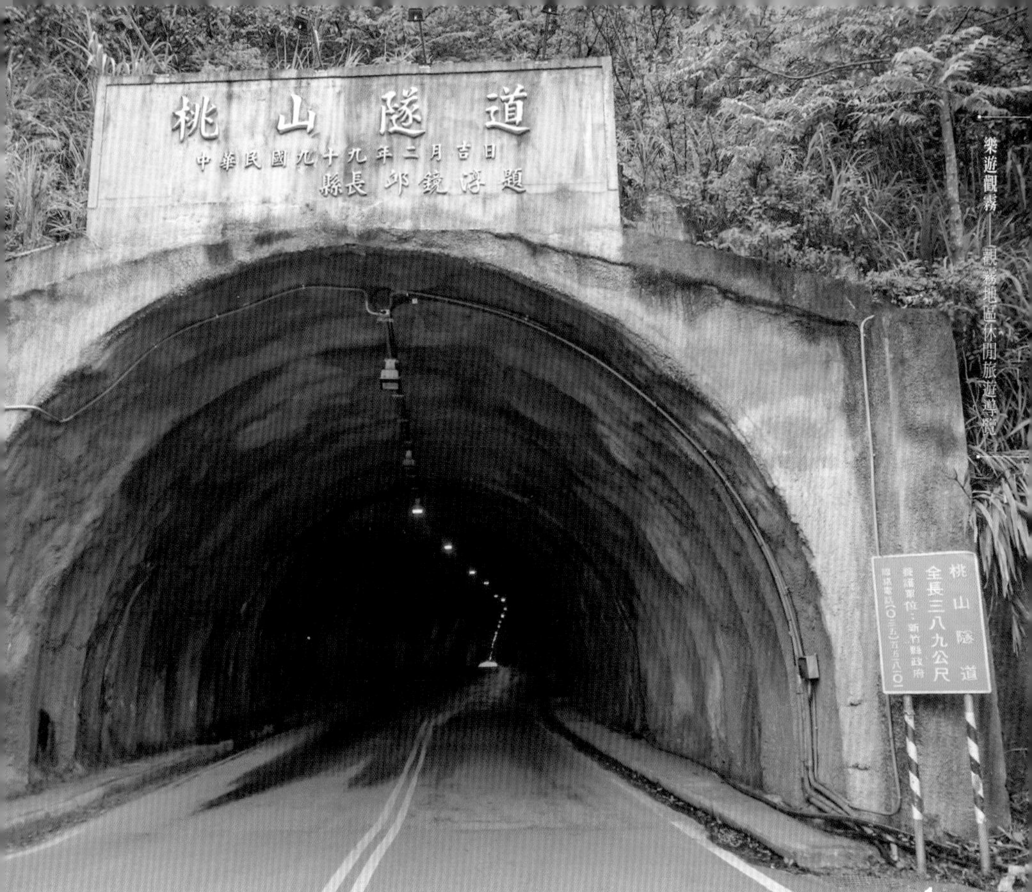

1

圖說

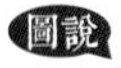

1 桃山隧道是新竹縣境內最古老的隧道，也是通往清泉必經之道。

2 位於五峰鄉清泉部落的張學良故居紀念館

3 竹東林業展示館

Guanwu

2

3

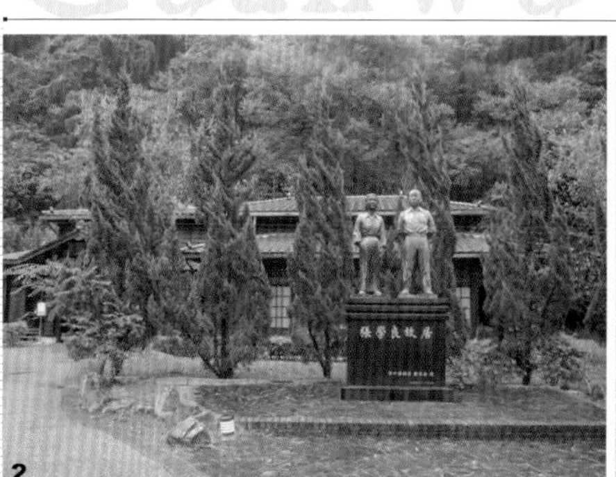

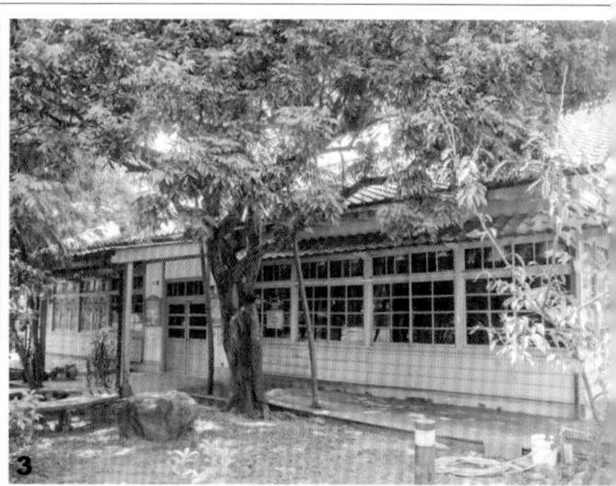

圖說

1 竹東林業展示館的入口意象設計
2 竹東林業展示館內部展示，訴說著的竹東地區林木業的滄桑。
3 竹東林業展示館內部陳列舊時的林業工具
4 泛黃的老照片讓人緬懷這一頁的林業史話
5 竹東林業展示館座落在竹東市區幽靜一隅
6 上坪老街是前往觀霧地區必經之處

竹東

竹東舊稱「樹杞林」，或橡棋輋，地名起源於墾殖初期，此地原為樹杞樹繁茂的森林地帶，因而以此命名。過往工商薈萃，雄踞內山，曾與豐原、中壢並稱為臺灣三大鎮，另與東勢、羅東同為臺灣三大林業集散地。鐵路內灣支線的修築更促使竹東工業區內的水泥、玻璃等工業產品向外擴展順暢，以及木材、竹、茶等資源能便於輸運。

近年來資源雖趨於枯竭，林業沒落，但已逐步轉型為高科技研發重鎮，以營造高產值的科技而聞名。

上坪老街

上坪老街位於南清公路上，街上房屋樣式為 2 層樓磚構木造建築，建於大正年間。老街因地處邊關位置、隘口角色，肩負內山山產、茶葉及街庄之物資集散、消費功能。在極盛時期設有酒店、旅社、豬肉店，而領有煙酒配售証者更不乏其數，在在顯現上坪當時之繁華榮景。

| 您可能不知道？ |

竹東林業展示館

七〇年代起因環保意識抬頭，伐木業逐漸式微，竹東林場內只剩伐木機具閒置其中。竹東林務局工務課舊辦公室為日治時期植松木業會社舊址，木業會社佔地數十甲，採集清泉、尖石地區檜木加工銷回日本，辦公室建於民國 32 年 (昭和 18 年)，為具有 70 多年的歷史建築物，園區內有林木茂密蔥蘢，有龍眼、椰子、鐵樹等植物。民國 78 年林務局整併林區管理處後，將此改置為竹東工作站，民國 95 年間，有鑑於林業對竹東歷史影響甚鉅，於是在新竹林區管理處協助下，以回饋社區為理念，並推動林業歷史探索，將竹東林業展示館與地方鄉土文化緊密結合，讓下一代瞭解竹東鎮昔日發展情況，並推動水土保持，保林愛林等環境教育。

五峰

緣於五峰鄉鄉境有五指山屹立，風景優美，遠眺形如五指，因以山為峰而稱之五峰鄉，行政區域劃為花園村、大隘村、竹林村、桃山村，皆位於觀霧地區周邊地帶，久為賽夏族、泰雅族居住地區，也是進入觀霧地區的首要門戶。

1 五峰寺是五指山香火鼎盛的寺廟，也是登山、進香禮佛的好去處。
2 五指山風景區內有多間寺廟，頗有青山古剎的丰韻。
3 雲霧繚繞的五指山是五峰地區的勝景
4 跨於上坪溪上的清泉吊橋是通往桃山國小及清泉部落的重要通道。
5 原住民族館係民國 97 年整建完成的張學良故居，民國 103 年張學良故居於上坪溪對岸原址重建後合稱「張學良文化園區」。
6 張學良故居旁的清泉溫泉泡腳池

五指山

屬於雪山山脈支脈，位於五峰鄉與竹東鎮、北埔鄉交界，昔日為臺灣 12 勝景之一。遠望 5 座山峰並排羅列，形似五指伸開，為「五指山」由來。前人亦曾以「五指凌霄欲探天」來形容。

4

清泉

清泉屬原住民部落，為泰雅族原住民所聚居，位於新竹縣五峰鄉桃山村。部落散置於上坪溪溪畔，兩岸以「清泉大橋」和兩座吊橋銜接，四周山明水秀，環境優美。日治時期大正 2 年 (1913 年) 發現溫泉，稱為「井上溫泉」，大正 10 年建立為日警專用的「警察療養所」。

光復後因水質澄清，無色無味 (屬於弱鹼性碳酸泉)，故稱「清泉」。「清泉試浴」為新竹縣縣八景之一。據稱溫泉可治胃病、婦人病、皮膚病等。除溫泉名聞遐邇外，區內還有瀑布、吊橋等勝景，成為假日休閒的熱門景點。

5

6

圖說

1 張學良將軍故居遺址係於民國 103 年原址重建而成

2 張學良將軍故居遺址內部幽靜的穿堂

3 張學良將軍故居遺址為一典雅的日式建築，周邊花木扶疏，環境優雅。

4 故居遺址入門處展示的張學良將軍生平年表

5 張學良將軍伉儷的臘像栩栩如生

2

3

張學良文化園區

民國 35 年 11 月，「西安事變」後遭幽禁的少帥張學良與趙一荻由中國大陸轉至臺灣的新竹縣五峰鄉井上 (清泉) 溫泉繼續軟禁，並限制人身自由。在清泉地區先後居住長達 10 多年之久。

而張學良與趙一荻在臺灣清泉幽禁的地方，前身是日軍培訓臺灣兵的軍事訓練所，名為「臺灣總督府勤行報國青年隊新竹訓練所」。二次大戰結束後，日軍撤離臺灣，過往的軍事用途不再，反而成為幽禁少帥張學良的化外之地。

5

4

之後張學良故居於民國 52 年被「葛樂禮」颱風沖毀，因受限於土石流敏感區暫時無法原地興建。然而新竹縣政府為促進地方觀光產業發展、帶動人文休閒風氣，並保存張學良將軍事蹟，大力推動五峰鄉清泉地區張學良故居重建工程。

民國 97 年於原址西南方，清泉吊橋前參照故居相片重建故居。民國 103 年，再於原址原貌重建張學良故居，並將之前所建故居改稱「原住民族館」，二館整合後合稱「張學良文化園區」。

| 您可能不知道？ |

少帥張學良傳奇

張學良（1901~2001），不僅是中國近代史的重要人物，更是見證民國史發展的傳奇人物。「西安事變」後，被蔣介石押解至臺灣管束的 13 年間，張學良即被軟禁在現今五峰鄉清泉部落。民國 48 年張少帥遷離清泉部落，定居臺北新北投。

之後張學良夫婦於民國 82 年 12 月 15 日赴美定居於夏威夷。民國 90 年 10 月 14 日，張學良在美國夏威夷首府檀香山史特勞比醫院逝世，享年 101 歲。

三毛故居

三毛是臺灣 1970 至 1980 年代的著名作家。70 年代以其在撒哈拉沙漠的生活及見聞為背景，透過生動幽默的筆觸，將單調的沙漠幻化成充滿異國風情的浪漫神祕國度，因而造成轟動，之後更掀起一陣「三毛旋風」。

民國 72 年到 75 年間， 三毛為了翻譯丁松青神父的「清泉故事」而來到清泉租屋暫居，她幫這棟紅磚屋取名為「夢屋」。屋舍位在清泉部落的後方山腰上，視野開闊，可俯看上坪溪及部落風光，門前有棵民國 38 年所植，高大挺拔的臺灣肖楠，上有牌示說明係三毛靜坐沉澱的地方。

目前參觀「夢屋」要收 20 元的清潔費，屋內展示三毛大事記、過往照片及生活故事、作品等物事，庭院平臺清幽致，可以點杯咖啡坐下來一覽清泉風光。

4

圖說

1 三毛故居的紅磚平房及其旁的肖楠老樹
2 三毛故居雅致的角落
3 三毛故居內陳設的三毛畫像海報及其年表
4 霞喀羅古道薄霧中的柳杉林

| 您可能不知道？ |

霞喀羅古道

可開車經由清泉地區張學良將軍故居旁山下，至霞喀羅古道步道入口。霞喀羅古道為林務局所轄之古道，屬霞喀羅—鹿場連嶺國家步道系統，東經養老可至秀巒溫泉，西由石鹿林道可至清泉溫泉。沿線具有多處極佳的賞楓點，入秋後可見紅葉翩翩的楓樹林；現存的人文遺址則有白石駐在所、田村台駐在所、石鹿派出所、井上駐在所及彈藥庫、大山砲臺等。

註：霞喀羅步道僅開放 0（石鹿端）至 1.2（田村台駐在所）公里路段，其餘路段因有大型崩塌處於封閉狀態。

1

2

3

大鹿林道段

【路線】土場→大鹿林道→雪霸國家公園界碑 (25.3K) →觀霧山椒魚生態中心／觀霧國家森林遊樂區遊客中心／觀霧派出所 (26K) →觀霧山莊 (28K)

圖說

1 雪霸國家公園界碑位於大鹿林道 25..3 公里處，一旁有棵 500 年的扁柏巨木。

2 觀霧山椒魚生態中心是觀霧山椒魚研究保育的重要據點

3 由觀霧國家森林遊樂區遊客中心，遠眺觀霧之山景。

4 由大鹿林道眺覽五指山及五峰地區綿延的山巒

5 大鹿林道殉職榮民紀念碑係為紀念闢築大鹿林道殉職榮民而立

大鹿林道又稱竹專 2 線 (交通部公路總局編列為新竹專用道路 2 線)，跨越新竹縣與苗栗縣，為林業經營用道路，早期為砍伐及運輸觀霧、檜山地區木材而建，民國 74 年全面禁伐後，已轉型為北部地區重要遊憩路線。

主線起於五峰鄉土場部落，沿頭前溪上游的上坪溪支流一路蜿蜒而上，止於觀霧山莊，全長 28 公里。土場亦為南清公路終點，另有「隘蘭聯絡道路」可通往白蘭風景區。

林道 8 公里處可眺及對岸的「八仙瀑布」，15 公里處的髮夾彎為雲山道路岔路口，亦可通達清泉部落，目前為清泉與觀霧間的替代道路。26 公里處觀霧派出所前為樂山林道起點，主線終點 28 公里處，觀霧山莊旁再分為東線及西線。

林務局大鹿林道殉職榮民紀念碑

座落於林務局新竹林區管理處觀霧遊客中心下方，大鹿林道旁的「大鹿林道殉職榮民紀念碑」，為臺灣省農林廳林務局為悼念民國 52 至 54 年間參與開闢大鹿林道殉難的榮民所設立。當時林務局為開發觀霧地區的森林資源，於竹東成立工作隊，420 名國軍退除役官兵投入參與修築大鹿林道。築路工程歷時 2 年，完成 50 餘公里長的林道工程。

大鹿林道施作期間共有 9 人殉職，300 多人輕重傷，傷亡之慘重著實令人驚心動魄，亦可見當時闢建林道的艱辛與險阻。為感念其篳路籃褸，開闢林道的精神與偉業，並藉以撫慰亡靈，供後人追思與憑弔，乃於觀霧立碑紀念。

入口
往竹東 56 公里
五指山
往竹東
土場檢查哨
大鹿林道
大坪苗圃
檜山巨木群
2300 公尺
柳杉林海
雪霸農場
觀霧山椒魚
生態中心
雲霧步道
界址碑
雪霸
派出所
林務局
遊客中心
大鹿林道東線
往樂山
距樂山 13 公里
檜山巨木
步道
觀霧山莊
2000 公尺
樂山林道
蜜月小徑
寶島步道
觀日出、夕陽
大鹿林道西線
榛山步道
觀霧瀑布
1720 公尺

觀霧

導覽圖

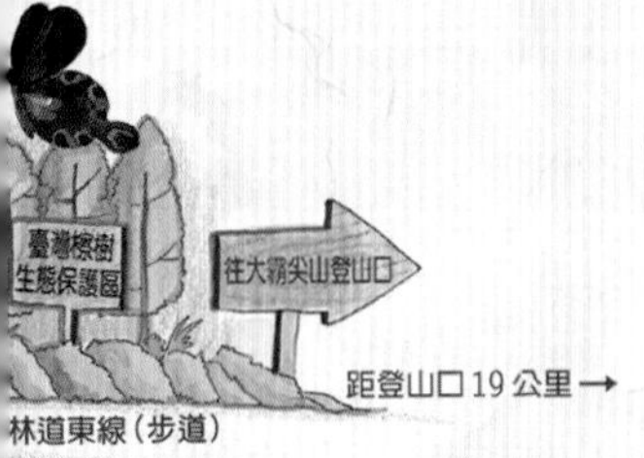

區內交通動線及景點

大鹿林道東線

【路線】觀霧山莊→馬達拉溪登山口（步道，全長19公里）

大鹿林道東線，原里程全長35公里，為砍伐與運輸木材而闢建的林道，在結束伐木工作後，處於荒廢封閉狀態。之後隨著雪霸國家公園的成立，目前大鹿林道東線3公里處附近已被劃設為「臺灣櫸樹生態保護區」，亦是林務局所公告的「寬尾鳳蝶野生動物重要棲息環境」。而19公里處的馬達拉溪登山口則為攀登大霸尖山、聖稜線的步道入口，多數登山者仍利用本路段進出，東線入口約300公尺處有雪霸國家公園設置的大霸尖山登山服務站。

圖說

1 大鹿林道東線步道平緩而綠蔭夾道的路段

2 寬尾鳳蝶與大鹿林道東線 3 公里處的臺灣檫樹保護區有著密切的關係

3 大鹿林道東線上的溪流

4 大鹿林道東線步道岩壁崩塌裸露的路段

5 位於大鹿林道東線的大霸尖山登山服務站

1

東線瀑布

位於大鹿林道 1.2 公里處，因岩層的差異侵蝕而形成兩段式的瀑布，在此可以觀流竄於山澗之間的淙淙溪水，在茂密的林間享受一方沁人心脾的山光水色。

馬達拉溪登山口

位於大鹿林道 19 公里處，是攀登大霸尖山及聖稜線的起攀點，登山者需越過吊橋至馬達拉溪登山口。（原吊橋因 2013 年 7 月 11 日的蘇麗颱風而受損，目前改以便橋通行）。

1 馬達拉溪東線瀑布潺潺流水不僅給步道憑添山水勝景，而且為長途跋涉的登山者注入一絲絲沁涼。

2 馬達拉溪溪流與兩岸綠意盎然的植被

3~5 馬達拉溪原有吊橋跨越至對岸的大霸尖山登山口，唯吊橋已因蘇麗颱風而損毀。

大鹿林道西線

【路線】觀霧山莊→榛山步道登山口（步道，全長 2 公里）

自觀霧山莊前西行，目前可通行路段僅至 2 公里處的「榛山步道」入口為止，沿途 50 公尺處為「賞鳥步道」入口，200 公尺處為「蜜月小徑」入口，2 公里處的「榛山步道」入口，沿線仍可見早期集林使用的「單線循環式集材」機具展示於路旁。2 公里之後餘路段均已荒廢，遊客切勿冒然前往。

圖說

1 榛山步道入口處在大鹿林道西線 2 公里處
2 蜜月小徑步道入口在大鹿林道西線 200 公尺處
3 林務局在大鹿林道西線保存早期的單線循環式集材機，讓遊客實地觀摩過往伐木年代進行集材作業的場景。
4 北坑溪古道昔日為連結雪見與觀霧間的通道

4

| 您可能不知道？ |

北坑溪古道——昔日連結雪見與觀霧間的通道

係日治時期為遂行統治，鞏固權力並開採各類資源與事業經營而闢建。由現在苗栗縣泰安鄉的二本松至茂義利（今觀霧）間，設置10處的駐在所，依序為萩崗、日向、雪見、幸原、北坑、曙、鹿山、泉、榛、中間。惟這條傍依北坑溪而行，昔日連結雪見與觀霧間的通道目前多已傾圮崩壞，駐在所也僅存萩崗、雪見、北坑、泉等四處有遺址可尋。

目前要由苗栗縣的雪見遊憩區前往觀霧遊憩區的話，還需繞行新竹縣經竹東、清泉方得以抵觀霧。

註：目前古道因風災多處中斷仍處於封閉狀態。

1

樂山林道

【路線】觀霧派出所→空軍樂山基地（全長 13 公里，開放通行路段 6.5 公里）

起點位於觀霧派出所前，終點為樂山，全程 13 公里，適位於苗栗縣泰安鄉與新竹縣五峰鄉交界，為空軍樂山基地聯絡道路，目前只開放至 6.5 公里處。林道沿線 3 至 4 公里間有數個視野遼闊的景觀點，可觀賞聖稜線日出，鵝公髻山山夕照及周邊群山勝景。另外，林道 1.2 及 6 公里處為進入檜山巨木群步道的入口，遊客可由此進入探訪。

2

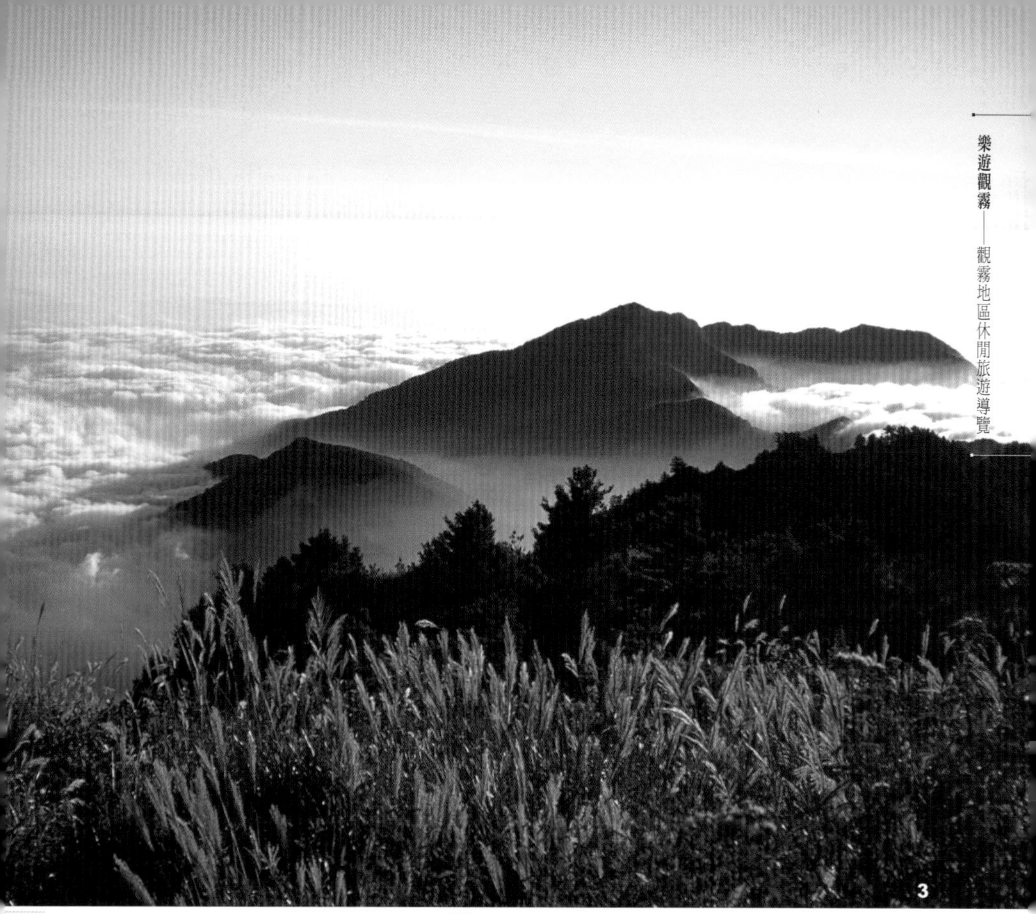

1 由樂山林道 3 公里處眺望榛山
2 樂山林道上的雲海景觀
3 由樂山林道 3.5 公里處眺望聖稜線氣象萬千的日出
4 樂山林道 6 公里處觀景平臺及遠方山稜線上的大、小霸尖山

樂山林道觀景平臺

位於樂山林道6公里處，視野開闊，天朗氣清時，在此可以飽覽四周群峰山巒地形全貌，並可以眺覽有世紀奇峰之稱的「大霸尖山」，同時也是前往檜山巨木群步道的進出路口。

雲霧步道

1 觀霧管理站雲霧步道雪景

2 由高處眺覽蜿蜒曲折的雲霧步道

3 雲霧步道的觀景臺上視野遼闊，山谷間雲霧昇騰，與藍天交織成一幅天然美景。

雲霧步道，又稱 Yulun 步道 (Yulun 為泰雅族語雲霧之意)，位於雪霸國家公園觀霧山椒魚生態中心旁山坡上，以戶外觀景臺為起點，全長約 840 公尺，步行來回需 40 分鐘。

整體步道由木棧道連結而成，環繞整個向陽坡面，視野遼闊。沿途有一處直昇機停機坪和三處觀景平臺，觀景平臺皆設有解說牌說明視野所及的群山。既可遠眺大霸尖山到雪山間的聖稜線群峰，雪山西稜各大名山；又可近觀觀霧檜山、榛山、鹿場大山，是辨識觀霧地區宏偉高山的最佳地點。

步道中途岔路循棧道而下，可抵大鹿林道東線入口處，為三叉路口，分別可通往大霸尖山登山服務站及觀霧山莊，或循大鹿林道再折回觀霧山椒魚生態中心。

往清泉／竹東
大鹿林道
保七總隊第五大隊觀霧小隊
國家公園界碑
26K
觀景臺
觀景臺
觀霧派出所
大鹿林道殉職榮民紀念碑
雲霧步道(全長846公尺)
檜山巨木群步道
觀景臺
觀霧遊客中心
觀霧山椒魚生態中心(觀霧管理站)
大霸尖山登山服務站
登山口
1.2K
觀霧山莊
樂山林道
往樂山
蜜月小徑
28K
賞鳥步道
大鹿林道東線步道
往大霸尖山登山口
觀霧瀑布步道
(全長1.5公里)
大鹿林道西線步道
榛山步道
約4公里
往榛山
觀景涼亭
觀霧瀑布
車道
步行林道
步道

觀霧山椒魚生態中心

「觀霧山椒魚生態中心」前身為雪霸國家公園觀霧遊客中心，民國 101 年 4 月，雪霸國家公園復以「山椒魚」為主題的展示館──「觀霧山椒魚生態中心」重新開幕啟用，不僅藉以讓民眾親身體驗國家公園對於瀕危物種保育及棲息地營造的成果，建構優質的環境教育場域，也同時為觀霧的旅遊模式提供另類的現場導覽與解說服務。

生態中心展館外有山椒魚生態意象廣場，環境教育園區；內部展示山椒魚珍貴的生態資料，有主題展示區、生態影像區及多媒體播放呈現雪霸國家公園之美。

每日上午 10 時並定時進行「遠古來的神秘客──觀霧山椒魚導覽」，內容有觀霧山椒魚生態解說、棲地介紹及山椒魚影片欣賞。參加人數以 15 人為限，當日現場報名，免費參加。

圖說

1 觀霧山椒魚生態中心入口處的生態廣場

2 觀霧山椒魚生態中心難得一見的雪景

3 觀霧山椒魚生態中心多媒體視聽中心，拙樸簡約的布置。

3

觀霧山椒魚環境教育園區

民國 97 年 4 月，「觀霧山椒魚生態中心」籌建開放之前，由研究團隊先進行觀霧山椒魚棲地營造工作，之後並開放讓志工參與國家公園的保育工作，實地進行、棲地環境整理、植栽種植、棲地步道施作、步道體驗及生態觀察等課程，期軟體解説服務與環境教育工作配合硬體工程一次推動到位。

此一試驗棲地除了鄰近觀霧山椒魚原始棲地外，更兼具環境教育功能及方便管理的優勢。由於觀霧山椒魚喜歡潮濕的環境，因此，特別從觀霧山椒魚原始棲地引進穩定乾淨的水源，以增加棲地的濕度。此外，為了讓觀霧山椒魚有充足的食物來源，將收集到的枯木及落葉鋪放在棲地，希望吸引昆蟲前來棲息及繁殖，同時增加觀霧山椒魚匿藏的空間。

觀霧山椒魚棲地營造完成後也展現了豐富的成果，除了陸續發現觀霧山椒魚踪跡外，棲地環境內同時也是螢火蟲共同棲息的空間，山羌與野豬的活動痕跡亦多所增加，所以夜間或有機會目擊與聽聞的牠們的叫聲更不在話下。

註：目前「觀霧山椒魚環境教育園區」需先行預約並由專人帶領解說方得進入。

2

1 雲霧步道旁的火燒跡地，是觀霧山椒魚環境教育園區

2 喜歡在底層及潮濕環境出沒的觀霧山椒魚

| 您可能不知道？ |

關於觀霧山椒魚試驗棲地

環境教育園區位於雲霧步道旁二葉松林的火燒跡地，此地原是一片茂密的二葉松與赤楊混合林，民國 83 年 12 月 24 至 25 日間發生森林火災，燒毀約 8 公頃左右的林地。以本地做為觀霧山椒魚環境教育園區，一則取其鄰近觀霧山椒魚原始棲地、同時兼具管理方便與環境教育功能。

觀霧遊客中心

1 觀霧遊客中心以圖示說明紅檜和扁柏的區別
2 觀霧遊客中心船型的玻璃帷幕牆建築
3 林務局積極推動「無痕山林」和「尊重大自然」的理念
4 觀霧山莊 70 年樹齡的霧社櫻花，盛開之季是遊客渴盼一見的勝景。
5 簇擁著盈盈綠意的觀霧山莊

為林務局新竹林區管理處所設置。觀霧遊客中心為玻璃帷幕的船型建築，在山林綠樹當中獨樹一格，內部提供觀霧的歷史人文、自然生態及旅遊、登山安全等資訊與解說導覽。

4

Guanwu

觀霧山莊

觀霧山莊為早期伐木期間，林務局工作人員的宿舍所改建，建築簡潔樸實，環境幽雅。

山莊前有一棵約 70 年霧社櫻花樹，花枝茂盛，堪稱臺灣之最！每年 3 月盛開秀麗的白色花朵，是臺灣本土最美的白色櫻花，讓更增添觀霧山莊飄逸的美感。

註：如需山莊最新營業訊息，請洽新竹林區管理處觀霧遊客中心確認。

5

蜜月小徑

「蜜月小徑」入口位於大鹿林道西線約 200 公尺處，長度雖僅 450 公尺，但林相卻甚為豐富，以闊葉樹種的樟科、殼斗科植物居多，間有茶科的大頭茶或針葉樹混雜其間，步道呈之字型緩升，可銜接大鹿林道西線與樂山林道 1.2 公里處的「檜山巨木群步道」入口。

圖說

1 殼斗科和樟科植物是臺灣天然闊葉林的重要成員

2 大頭茶開花時節落英繽紛的步道

3~4 蜜月小徑幽靜恬適的步道讓遊人樂遊其間

4

賞鳥步道

位於觀霧山莊下方林中，長度約 650 公尺，可銜接觀霧瀑布步道，構成環狀的步道之旅。步道中林相優美，烏心石、長葉木薑子等是本區常見樹種，而羽色鮮豔亮麗、叫聲悅耳清亮的山鳥更是步道中悠遊其間的主角。

眾所皆知，賞鳥最佳時刻乃清晨，漫步林中，滿耳只聞「唧唧唧啾」、「吐米酒」的清脆叫聲此起彼落，不用費猜疑，那肯定就是游竄在樹梢的青背山

雀；或飛上飛下的冠羽畫眉、或倒吊的身影螺旋繞行樹幹間覓食的茶腹鳾，或偶而在薄霧中傲然睥睨，款步輕移的霧中王者—帝雉，都可能上演一幕與你不期而遇的驚喜，足以讓人興奮良久。

圖說

1 在賞鳥步道平緩的路段悠遊漫步，聆聽蟲鳴鳥叫讓人心曠神怡。
2 賞鳥步道途中跨於小溪上的木橋
3~4 冠羽畫眉和茶腹鳾都是賞鳥步道上雀躍的精靈
5 賞鳥步道上踩著闊葉木的落葉而行，倍感舒適。

健走

觀霧瀑布步道 (1,500 公尺)

步道的起點位於觀霧山莊前停車場左側，沿階梯而下可銜接步道通往觀霧瀑布，全程約 1,500 公尺，去程為下坡，步行約 40 分鐘便可到達觀霧瀑布，沿途均有解説牌示，提供沿線環境資源解說服務。

步道沿線森林茂密、林相優美，多為高大挺拔的人工杉林與天然的闊葉林，鳥類資源相當豐富，瀑布位於觀景亭平臺前方谷間山壁上，可眺見岩壁上約 30 餘公尺，與周邊盈盈蒼翠的樹海相映成趣，壯觀秀麗，彷如一道白鍊般垂洩至山谷間的觀霧瀑布。

回程則為上坡，步行約需 60 分鐘。距入口 250 公尺處可轉往「賞鳥步道」，循大鹿林道西線返回觀霧山莊。

1 觀霧瀑布觀景臺的涼亭造型典雅，與蒼松瀑布渾然融為一體。

2 觀霧瀑布的步道以自然工法建構，和周邊森林景觀相調和。

3 柳杉林中的指標分指入口、瀑布及賞鳥步道而行。

4 森林中橫臥的枯倒木是生物甚為豐富的世界

5 自山壁傾瀉而下的觀霧瀑布，在綠意蒼翠的密林中如白絹般的灑落。

1

2

3

榛山步道（4,130 公尺）

須自觀霧山莊西南方的大鹿林道西線進入，約 2 公里後至步道入口。步道全程為 4,130 公尺，但加上大鹿林道西線往返 4 公里的路程，來回約需 4 小時左右，步道沿線設置有解說牌，提供生態環境解說服務。

榛山步道為環狀路線，入口為三叉路口，有指示牌，右轉往榛山 1,750 公尺，步行約 40 分鐘。不過，這裡所指的榛山並非榛山山頂，而是指步道抵達最高處的榛山北稜稜脊越嶺點。沿著步道穿過稜脊樹縫，迎面就可以望見聖稜線及雪山西稜壯麗的景觀，是賞景攝影的好地方。之後可依原步道返回入口或從岩稜景觀平臺越嶺下坡，往出口 2,380 公尺。此段為石階步道，盡頭接到平緩的碎石路，沿著平緩的碎石路散步，約 1 公里後，有一座涼亭就是榛亭。這裡離榛山步道出口 200 公尺，再往前行，就回到原來環形步道入口的三叉路口了，可沿原步道返回。

步道沿途樹林成影，針葉樹種以紅檜、扁柏、臺灣粗榧為、臺灣鐵杉為主，闊葉樹則多屬杜鵑花家族的成員，4~5 月造訪可見杜鵑花綻放。步道沿途常可聽到鳥鳴聲不絕於耳，且視野開闊，尤其在榛山頂上可遙望雪山山脈，也是眺望雪霸連峰的最佳地點之一，是夏日避暑最佳勝地。

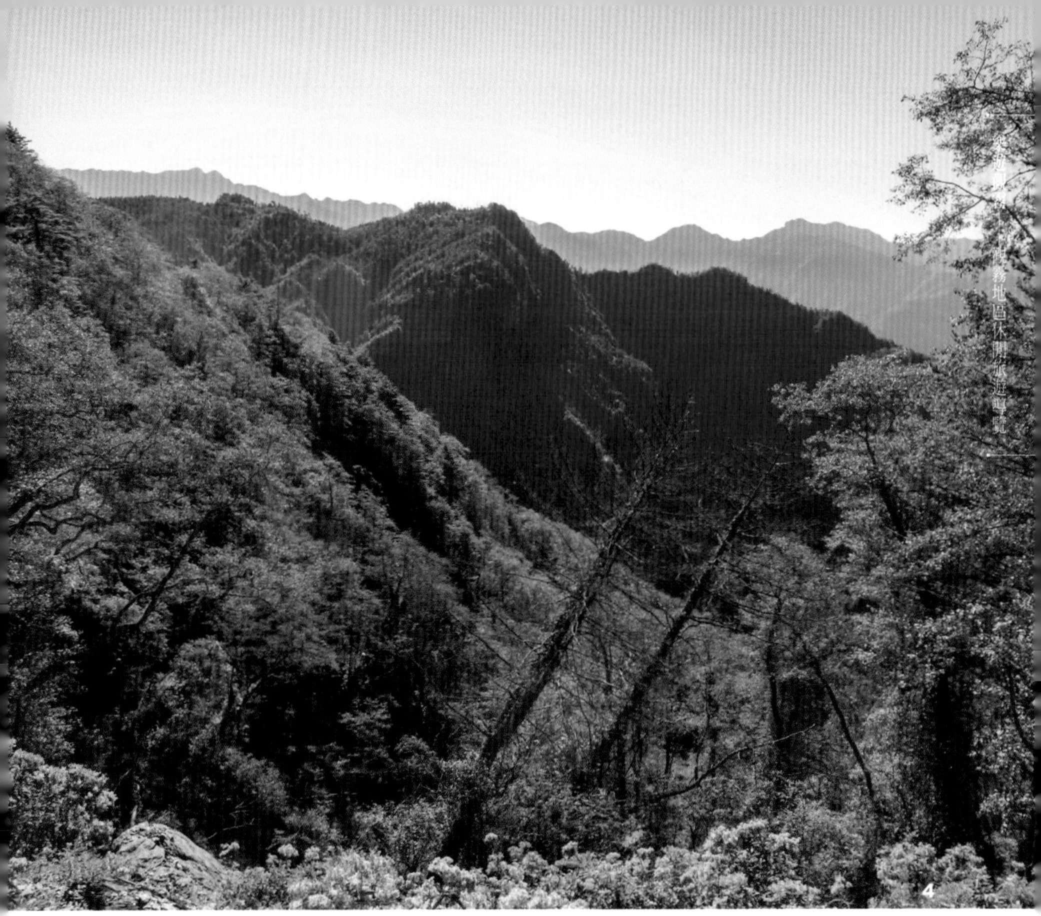

4

5

圖說

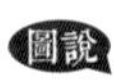

1 榛山步道入口處的指標
2 榛山步道途中生氣盎然的臺灣鐵杉
3 榛山步道途中涼亭可眺及榛山峰頂
4 由大鹿林道西線遠眺榛山及聖稜線
5 步道途中穿越紅檜生長良好的密林

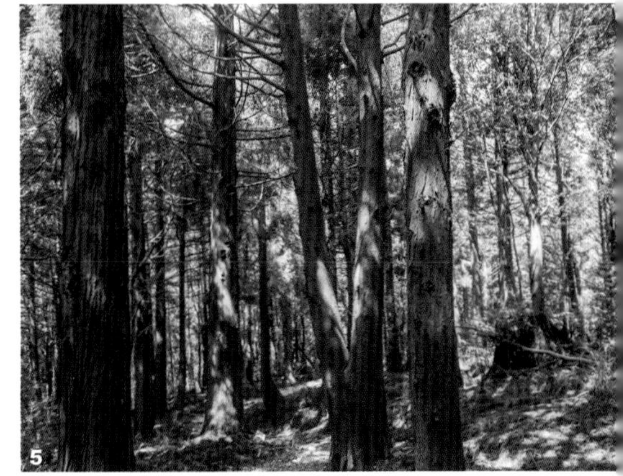

檜山巨木群步道（2,800 公尺）

檜山步道長 2.8 公里，原是伐木運材臺車路，經林務局加以整修為良好的健行步道。原為伐木期間主要林區，沿途尚可看到過去伐木工作所使用的舊臺車軌道。由於位處雲霧帶中，水氣豐盛，森林中除鐵杉、紅檜、扁柏等較為容易辨識的高大針葉木外，次生的灌叢、小喬木也都離離蔚蔚，欣欣向榮，其中間雜著甚多蕨類與藤本植物，構成一個生氣盎然且又豐富多樣的森林生態。

步道蜿蜒起伏，但坡度平緩，沿途跨越溪流的地方建有三角吊橋、棧橋或以水泥板拼構的便橋，與潺潺溪流相映成趣，是條老少咸宜，甚為大眾化的健行步道，步道上多處設有解說牌示，可以瞭解沿途的動植物資源。

1 檜山巨木群幽雅靜謐的步道

2~3 檜山巨木群步道於樂山林道 1.2 公里處，圖為入口的解說牌示及原住民圖騰的入口意象。

4 步道沿途跨越溪流的吊橋，周邊草木茂密，生物多樣豐富。

5 從樂山林道 6 公里處進入檜山巨木群步道較為陡峭，部分路段以木棧道形式構築。

1 號巨木

紅檜，樹高 47.1 公尺，胸圍 16.3 公尺，胸徑 :5.19 公尺，樹齡約 2,000 年。

2 號巨木
紅檜，樹高 34 公尺，胸圍 17.2 公尺，胸徑 5.4 公尺，樹齡約 2,000 年。

抵達巨木群地區時步道逐步緩坡上昇，1 號巨木直行，3、4、5 號巨木須「陡上陡下」後再回原路，2 號巨木則須「陡下陡上」，方得窺其全貌。5 棵千年巨木皆為斧鋸下碩果僅存的紅檜，其中以 2 號巨木胸圍最大，約 17.2 公尺，是目前臺灣排名第 7 大的巨木；1 號神木居次，胸圍約 16.3 公尺，排名第 23 名。難能可貴的是，5 棵巨木迄今猶綠意盎然，生氣蓬勃，不僅具觀賞價值，同時也是環境教育最好的題材。

步道入口位於樂山林道 1.2 公里處，出口位於 6 公里處，一般自行開車遊客多抵 2.8 公里處的巨木群後即行原路折返。如接駁方便，也可自 6 公里處由上往下逆行，可省卻爬坡之累。

壯遊

大霸群峰寫照

海拔 3,492 公尺的大霸尖山，是雪山山脈北側最為突出的山峰，整座山幾乎全由硬砂岩層重疊而成高達百餘公尺的垂直絕壁，壯麗嶔奇，贏得「世紀奇峰」的美譽。又因其形似倒置的木桶，又有酒桶山的稱謂。正西方另有一座稜角聳峭，以孤峰稱奇的小霸尖山 (3,418 公尺)，泰雅族人稱之為「Babo Papak」，Babo 是山意思，Papak 是指雙耳朵，以大霸、小霸並峙，形似雙耳而得名。

1~2 大霸尖山與小霸尖山巍峨聳立於聖稜線北端，山形壯麗，是眾多登山者渴望攀登的名山。

1

大、小霸尖山與中霸尖山、東霸尖山、江(伊)澤山、加利山、耶巴奧山等統稱為「大霸山塊」，為雪山山脈主脊從布秀蘭山分岔延伸的大支脈，其中以5座巉巖危崖、連綿的東霸尖山稜線，山高谷深，形勢偉峻，更令人望之儼然。

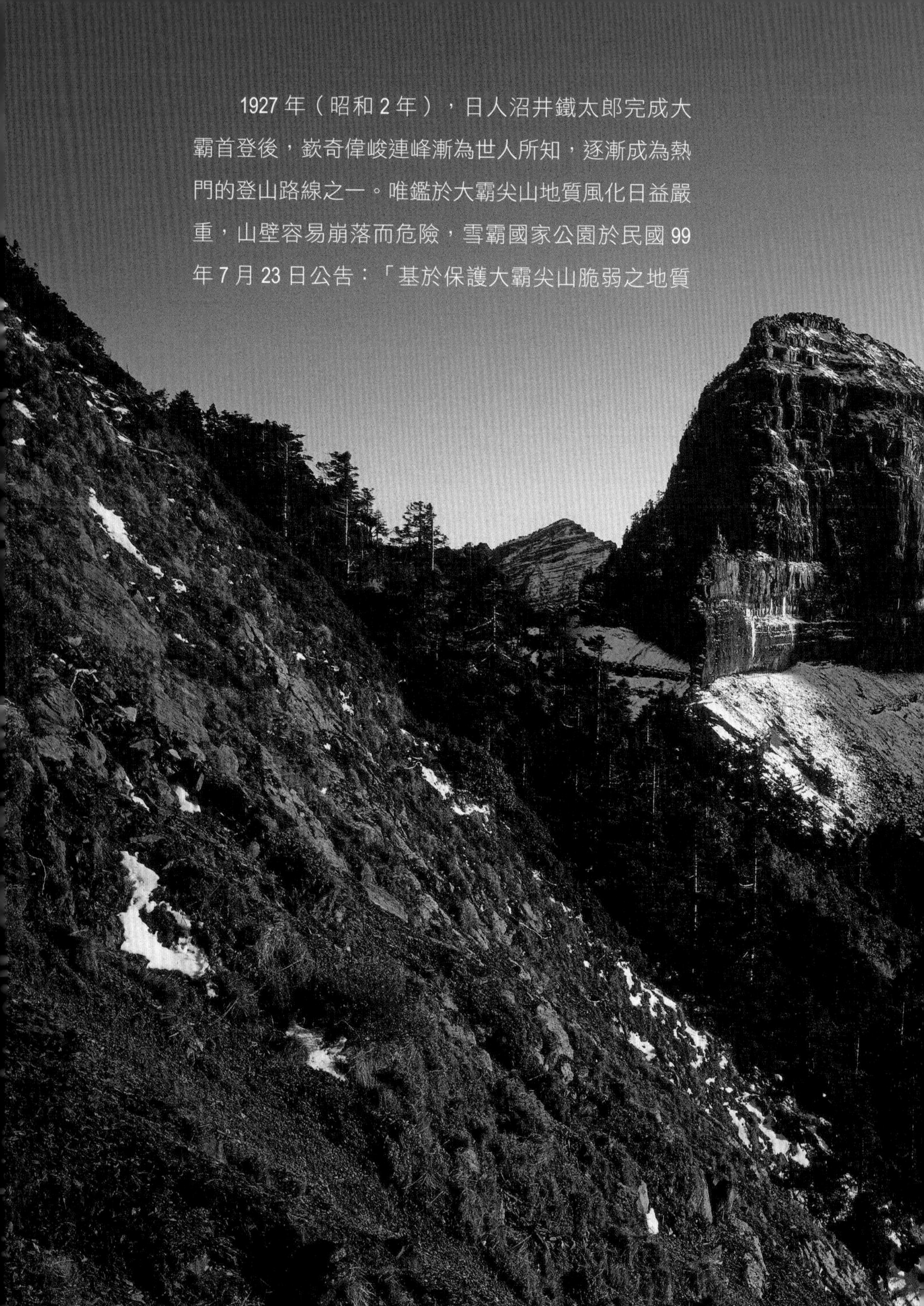

1927 年（昭和 2 年），日人沼井鐵太郎完成大霸首登後，嵚奇偉峻連峰漸為世人所知，逐漸成為熱門的登山路線之一。唯鑑於大霸尖山地質風化日益嚴重，山壁容易崩落而危險，雪霸國家公園於民國 99 年 7 月 23 日公告：「基於保護大霸尖山脆弱之地質

景觀及維護山友登山安全並保持原住民族信仰聖山之完整性，禁止攀登大霸尖山霸頂。」違者依國家公園法相關規定處以罰鍰。

註：目前進入大霸尖山地區均需向雪霸國家公園管理處申請入園許可。

聖稜線寫照

「聖稜線」的由來，始於1928年(昭和3年)，當時的臺灣山嶽會總幹事沼井鐵太郎完成大霸尖山首登(昭和2年)後一年，在其發表「關於攀登大霸尖山之考察與實行」的文章中，以壯闊又期盼的筆觸描述這段稜線：

「……為了縱走這條岩稜，需要相當於首登大霸尖山的準備。……這神聖的稜線啊，誰能真正地完成這大霸尖山至雪山的縱走，戴上勝利的榮冠，述說首次完成縱走的真與美！」。

1931年(昭和6年)聖稜線首次被純粹登山家以繩索隊伍完成橫斷，開啟爾後登山者絡繹前來緬朝聖稜的輝煌年代。從此，雪霸聖稜的美名傳開，如何完成這道連結雪山主峰與大霸尖山間，海拔高度均在3,100公尺以上，尤其雪山主峰到雪山北峰間的稜脊，更在3,580公尺上，巍峨聳立，岩壁嶙峋，山徑陡峭的稜脈，誠為多少登山者冀圖克服一切險阻，小心翼翼完成縱走的夢想。

圖說

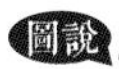

1 聖稜線往凱蘭特昆山的稜線上可眺及雪山圈谷

2 聖稜線多行於 3,500 公尺的群峰之上，視野遼闊，景觀壯麗。

3 由雪山主峰眺觀白雪皚皚的北稜角及雪山北峰

4 步道途中見及積雪重重的雪山，益增聖稜線的浩瀚與壯闊。

3

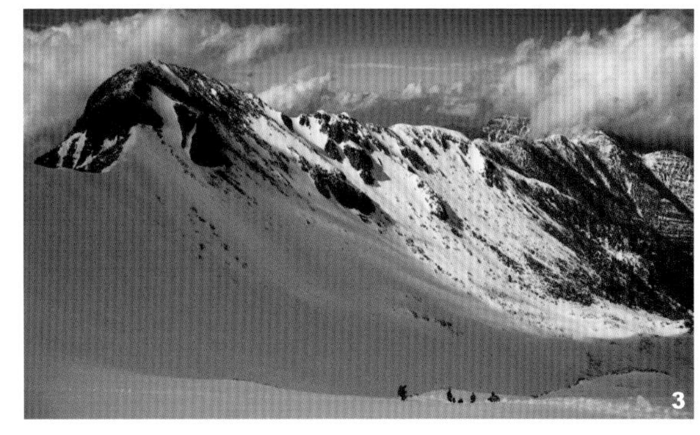

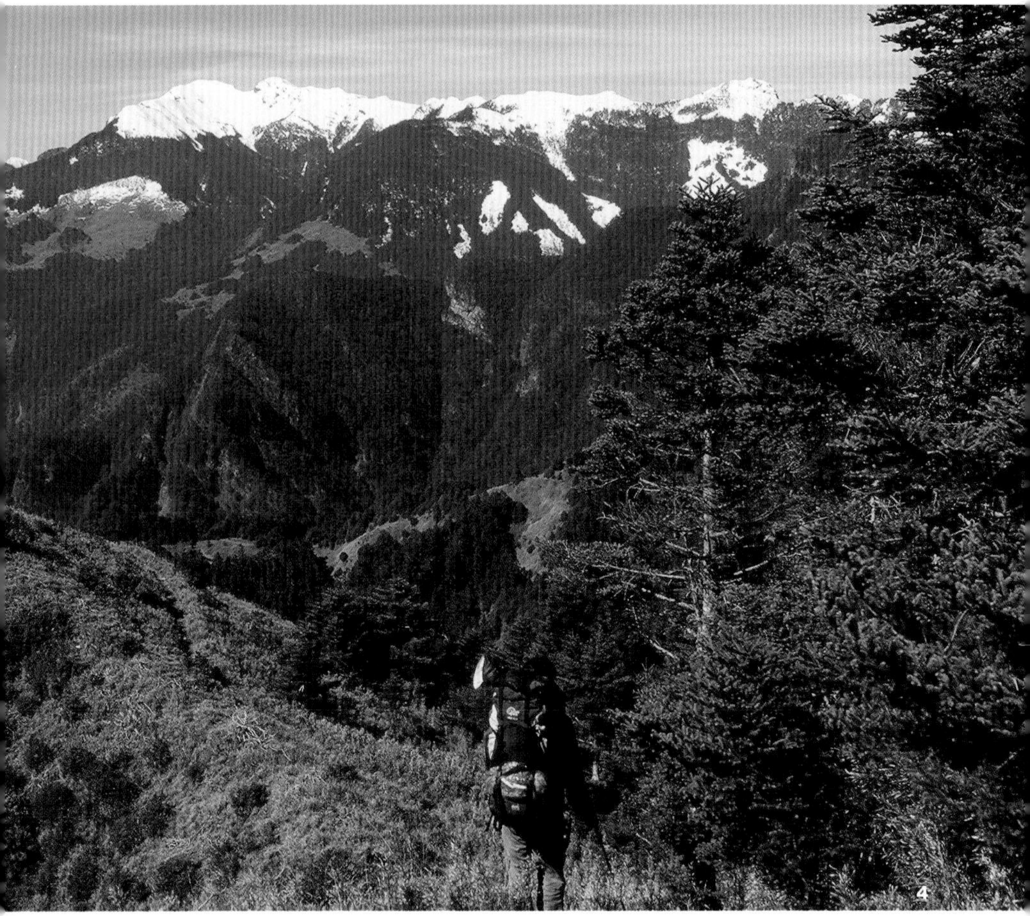

4

然而隨著登山者逐漸增多，登山技術日趨成熟，裝備、器材均不可同日而語的情況下，這條昔日歸為探險等級的登山路線，在登山隊伍長久以來的踏勘下，不僅已然走出一條明晰的途徑，同時也把範圍拓展到武陵四秀，衍伸為「聖Y」或「聖O」多重的組合與選項。

聖Y路線：從武陵農場起攀，先攀行桃山、喀拉業山、池有山與品田山後，再由塔克金溪經霸南，輕裝登臨大、小霸尖山後，再循傳統聖稜路線至雪山主峰。

聖O路線：縱走武陵四秀後，直接垂降品田山西側斷崖，再於布秀蘭山銜接傳統的聖稜路線。

如此多元的登山路線，讓聖稜線成為登山界久享盛名與深具挑戰性的縱走路線。

註：目前進入聖稜線地區均需向雪霸國家公園管理處申請進入生態保護區入園許可。

圖說
1 朝陽的光芒刻正映照山頂的桃山主峰
2 由桃山眺覽武陵七家灣溪谷地及遠方天際的山稜
3 品田山的危崖絕壁令人望之儼然

聖ㄚ路線

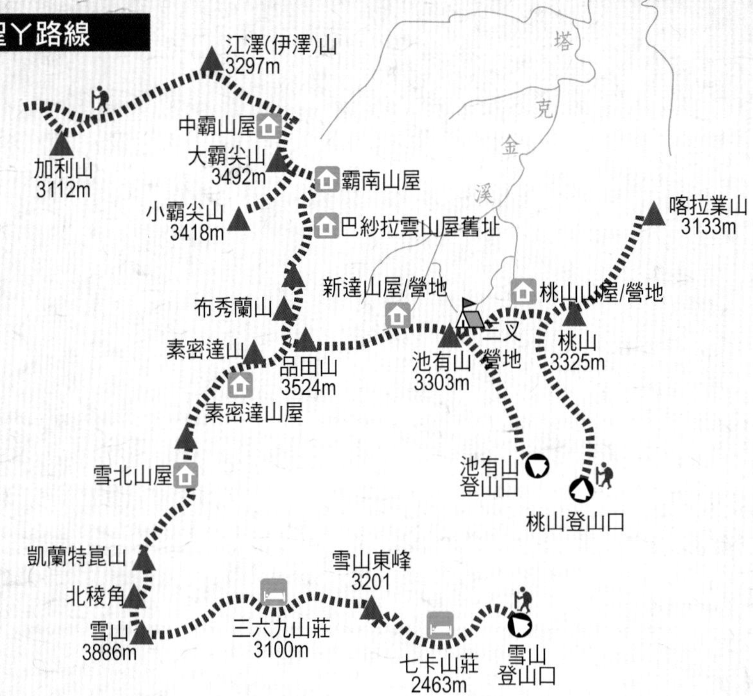
江澤(伊澤)山
3297m
加利山
3112m
中霸山屋
大霸尖山
3492m
霸南山屋
小霸尖山
3418m
巴紗拉雲山屋舊址
塔
克
金
溪
喀拉業山
3133m
新達山屋/營地
桃山山屋/營地
布秀蘭山
素密達山
品田山
3524m
池有山
3303m
三叉
營地
桃山
3325m
素密達山屋
雪北山屋
池有山
登山口
桃山登山口
凱蘭特崑山
北稜角
雪山
3886m
雪山東峰
3201
三六九山莊
3100m
七卡山莊
2463m
雪山
登山口

聖O路線

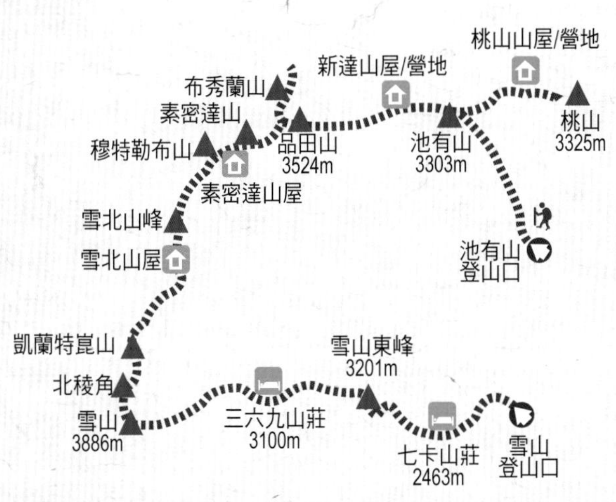
桃山山屋/營地
新達山屋/營地
布秀蘭山
素密達山
穆特勒布山
品田山
3524m
池有山
3303m
桃山
3325m
素密達山屋
雪北山峰
雪北山屋
池有山
登山口
凱蘭特崑山
北稜角
雪山
3886m
雪山東峰
3201m
三六九山莊
3100m
七卡山莊
2463m
雪山
登山口

E

Ecological Tourism

自然共舞

白蘭部落生態旅遊

國家公園納入原住民參與自然資源管理，嘗試把人找回來建立夥伴關係的策略，不僅是國際上的潮流與趨勢，也是國家公園跳脫不為人類干預的自然野地思維，轉型為與當地原住民共管，重視社會與環境正義的作法，符合文化多樣性的保存方式。

GUANWU

位於前往觀霧地區所必經，五峰鄉境內的「白蘭部落」，數年來由雪霸國家公園協助推動生態旅遊培力計畫，針對部落的旅遊民宿、餐飲業者、手工藝業者及部分居民進行專業輔導並提供專業諮詢，期由空間合宜的規劃、居民社區意識的凝聚、深化部落生態旅遊運作能力，促進國家公園鄰近地區的產業發展。

同時藉由整合部落現有資源，形塑部落旅遊特色，培養業者永續經營生態旅遊的能力外，達成雪霸國家公園遊客服務品質的提升，且兼顧部落文化保存與生態保育的願景。

圖說
1 白蘭部落在薄霧飄渺中的入口處牌樓
2 石頭步道是部落祖先歷經長久歲月走出來的山徑

白蘭部落地理區位

白蘭部落海拔高約 1,200 公尺，為前往觀霧遊憩區的南清公路（122 縣道）周邊，由南清公路 35.5 公里、42.5 公里及 50.4 公里處分別有 3 條鄉道銜接白蘭部落產業道路（隘蘭聯絡道路）。

部落適位於目前以溫泉和張學良故居為主要觀光遊憩資源的清泉地區，由道路視野開闊地點可眺及上坪溪蜿蜒的河谷，青翠的山巒。

同時白蘭部落距離臺北都會區車程約 2.5 小時，距離新竹科學園區約 1.5 小時；相對於臺中、苗栗地區的距離也大致相同，交通時程適在一般大眾可接受範圍內，吸引中北部遊客前來踏青賞遊生態景致。

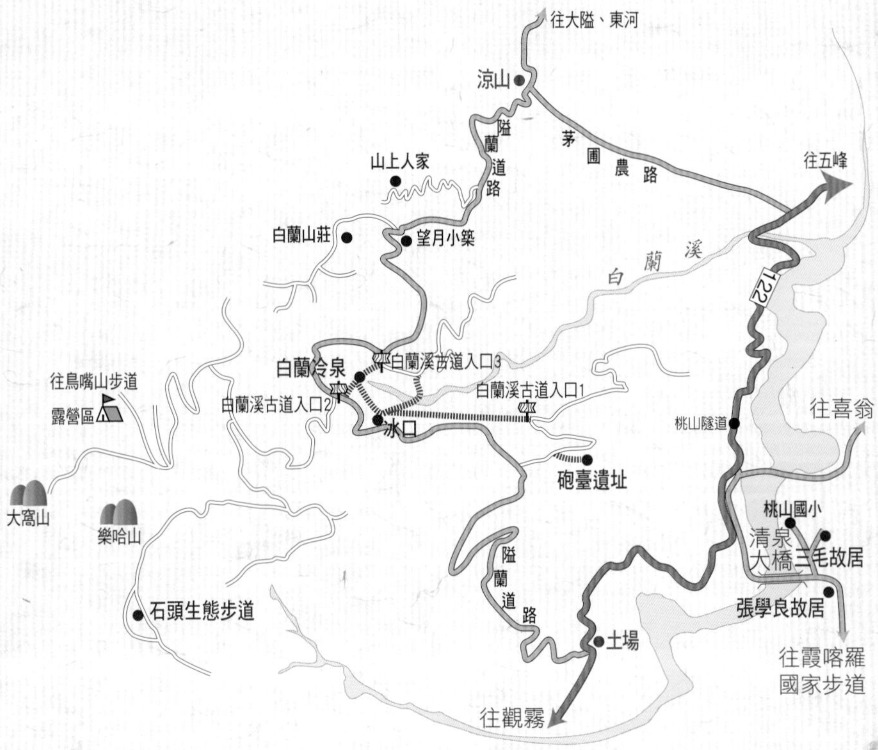

往大隘、東河
涼山
隘蘭道路
茅圃農路
山上人家
往五峰
白蘭山莊
望月小築
白蘭溪
122
白蘭冷泉
白蘭溪古道入口3
往鳥嘴山步道
露營區
白蘭溪古道入口2
白蘭溪古道入口1
冰口
桃山隧道
往喜翁
砲臺遺址
大窩山
樂哈山
桃山國小
清泉大橋
三毛故居
隘蘭道路
石頭生態步道
張學良故居
土場
往霞喀羅國家步道
往觀霧

| 您可能不知道？ |

雪霸國家公園管理處與原住民發展夥伴關係的主要原則為：

1. 合作友好，真誠相待
2. 平等相待，尊重法律
3. 互利互惠，共管發展
4. 加強在民族事務中的研商與合作
5. 合作共建部落永續發展願景

白蘭部落人文生態資源

白蘭部落為崇山峻嶺環繞的傳統泰雅族部落，僅有少部分的客家、閩南及阿美族，目前部落人口僅約 150 人左右。因居民多從清泉等地遷居至此，從早期的工寮發展成現今的房舍，因此多散居在道路沿線，非人口集中的部落形式。

部落周邊群山環繞，水氣充沛，風起雲湧，山嵐變幻之際，宛如處在飄渺的仙境當中。尤其以水氣足、氣溫低時，更是觀賞雲海的最佳時機。

鄰近的比林山、鵝公髻山、鳥嘴山 (海拔 1,551 公尺)、大窩山 (海拔 1,642 公尺) 等都為頗富盛名的登山路線，具有發展生態旅遊的潛力。一般遊客習於先登鳥嘴山後，再沿著稜線山路走到大窩山。

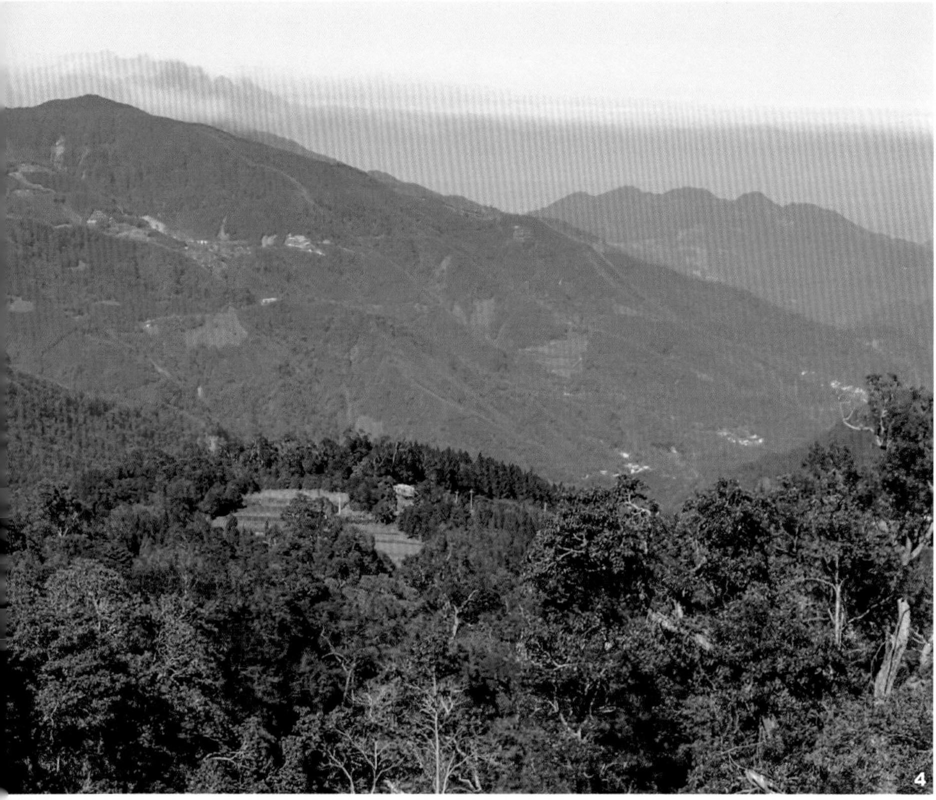

4

圖說

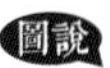

1 白蘭產業道路上視野良好的觀景涼亭

2 鵝公髻山登山步道入口牌示

3 幽靜且人車稀疏的白蘭產業道路

4 由大鹿林道遠眺鵝公髻山及五指山的秀麗景觀

5 白蘭產業道路岔路口旁木杵造型的指標

6 鵝公髻山登山步道入口

Guanwu

5

6

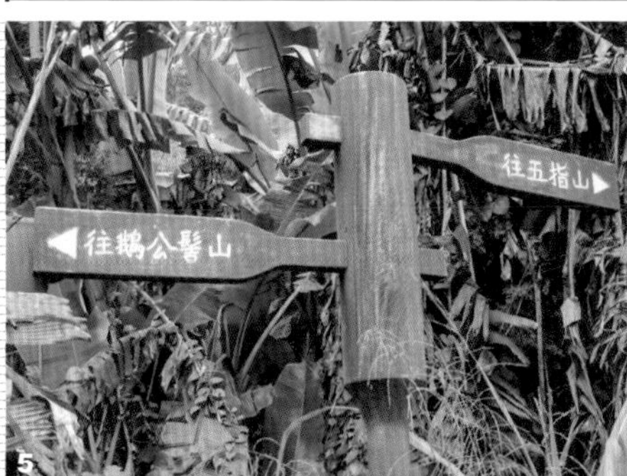

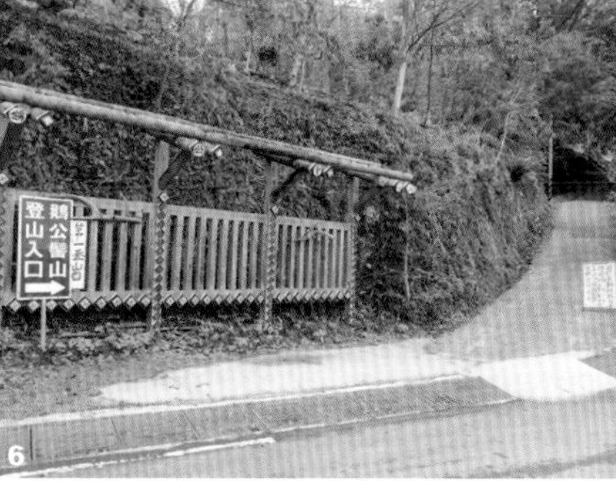

圖說

1,2 涼山部落商店販售甜柿、橘子、小米等當地當令的農產品。

3 涼山部落的露營區居高臨下，可遠眺上坪溪河谷。

4 部落周邊的白千層盛開的花

5 往白蘭產業道路上遠眺上坪溪及花園部落

6 白蘭產業道路沿線的民宿，產業逐漸蓬勃發展。

7 涼山部落路邊簡樸雅致的木屋

部落周邊生物多樣性相當豐富、有著涓涓細流的白蘭溪，孕育出繁複的動植物生態，清晨午後蟲鳴鳥叫不絕於耳，夜晚可傾聽青蛙與昆蟲競逐的交響樂聲，初夏夜晚可與提燈的小精靈螢火蟲共譜夜未眠的浪漫，也是吸引遊客前來駐足攬勝的自然佳園。

近年在鄉公所及雪霸國家公園的協助下，於部落附近整理出「石頭步道」及「白蘭溪古道」，石頭公園有豐富的地生蘭及雲霧帶蕨類等自然資源。

植被以果園、竹林、人工林為主，僅有少數次生林。產業除部份居民經營民宿、露營場外，大部分居民從事高冷蔬菜種植，為農政單位規劃成高冷蔬果專業區。其間尚生產水蜜桃、甜柿、獼猴桃及段木香菇的培育。

因受基督教、天主教等宗教影響且漢化甚早，所以生活中較少展現如祭典的舉行等傳統泰雅文化的內涵，唯在平日的生活運作中，仍保有沿襲的倫理與模式。

5

6

7

| 您可能不知道？ |

白蘭部落蔬果產期

部落環境優雅，氣溫適中，成為栽種各類高經濟農作物的地區，具有相當知名度，每逢盛產期，為遊客走訪山水及嚐鮮的熱門觀光資源。

1. 花季——元月至 3 月
2. 桂竹筍—— 3~4 月
3. 水蜜桃—— 6~8 月
4. 加州李—— 6~8 月
5. 夏季高冷蔬菜—— 6~10 月
6. 新世紀梨—— 8~10 月
7. 奇異果—— 11~12 月
8. 日本甜柿—— 11~12 月
9. 雪蓮藷—— 11~2 月

石頭自然生態步道

圖說

1 白蘭部落生態旅遊路線的公廁
2 石頭自然生態步道行於密林之中
3 盼君女石像附近戀人的石穴
4 步逆沿途嶙峋奇特的石塊
5 盼君女石像及女人的淚珠傳說

白蘭部落的「石頭自然生態步道」全長約 1,150 公尺左右，是部落祖先歷經長久歲月「走」出來的一條山徑，具有遷徙、探親、狩獵、採集甚至戰爭的功能。昔時古道尚可連接觀霧、南庄、泰安、竹東等地區，但晚近因受定耕定居及交通便利的影響而趨於沒落。

近年來在雪霸國家公園生態旅遊培力下，結合社區力量共同整修局部路段，使得步道沿途嶙峋、奇特的石塊、豐富的自然生態和人文屐痕得以重見天日，並成為部落開展生態旅遊，活絡地方產業的契機。

區內「盼君女石像」、「戀人的穴居及女人的淚珠」等奇石都流傳著一段令人神傷的愛情故事，供遊客抒發想像，增添旅遊情趣。

｜您可能不知道？｜

盼君女石像、戀人的穴居及女人的淚珠

相傳古時候有一對熱戀的情人，因屬近親的表兄妹關係，部落與雙方家長皆反對他們在一起，否則會給部落帶來災難。兩位戀人無奈私訂終身，並逃離部落到一處人煙罕至的石林裡，冀求長相廝守。

不料情郎在出外狩獵時遭部落巡查人員捉回，這位癡情少女每天苦守情人歸來，終日以淚洗面，不知經過多少憂傷歲月的鵠候，不唯感動了附近的叢林鳥獸，也感動了天地，終於化為一尊石像，留給後世泰雅子民無限的追思。

位於「盼君女石像」附近有一巨大的石穴，相傳為那對戀人棲身的處所，地上兩粒鐘乳石即為久候情郎不歸的癡情少女所累積的淚珠。

Forest Dialogue

環教園地

聖稜的體驗與啟示

陽光灑在心上而非身上，

溪流穿身而過；

而非從旁流過。

悸動、刺痛、震動了身體的每一個細胞，

每一吋肌肉，

令之欲展翅翱翔、歌唱。

——約翰．繆爾 (John Muir)

GUANWU

縱走聖稜線

為著彌補那年因配合搜救演習由江（伊）澤山回走聖稜線，卻在東北季風的淒風苦雨中足足泡了4天的缺憾，決計無論如何都要再完成一趟聖稜縱走，像沼井鐵太郎説的「戴上勝利的榮冠，述説首次完成縱走的真與美！」。

啟程的第一天，住在七卡山莊，向晚時分，彩霞滿天，為明日的艱苦行程拉開燦爛的序幕。夜裡，滿天繁星，索性裹著睡袋棲身在山莊屋簷下，捕捉那稍縱即逝的流星。

第二天，揹著重裝沿著之字形的步道向369山莊推進，一路上不斷告訴自己，只要上得了「哭坡」，東峰就已然在望，369山莊也就近在咫尺了。果然，一切狀況都在掌握當中，中午按進度踏進了369山莊。用過中餐，再度揹起背包，持續向翠池前進。由鞍部下翠池，嘩啦嘩啦的碎石漫天價響，穿過虬龍盤曲的玉山圓柏，即來到另一個玉山圓柏巍巍挺立，水波漾然，幽雅靜謐，號稱臺灣最美的高山湖泊－「翠池」。

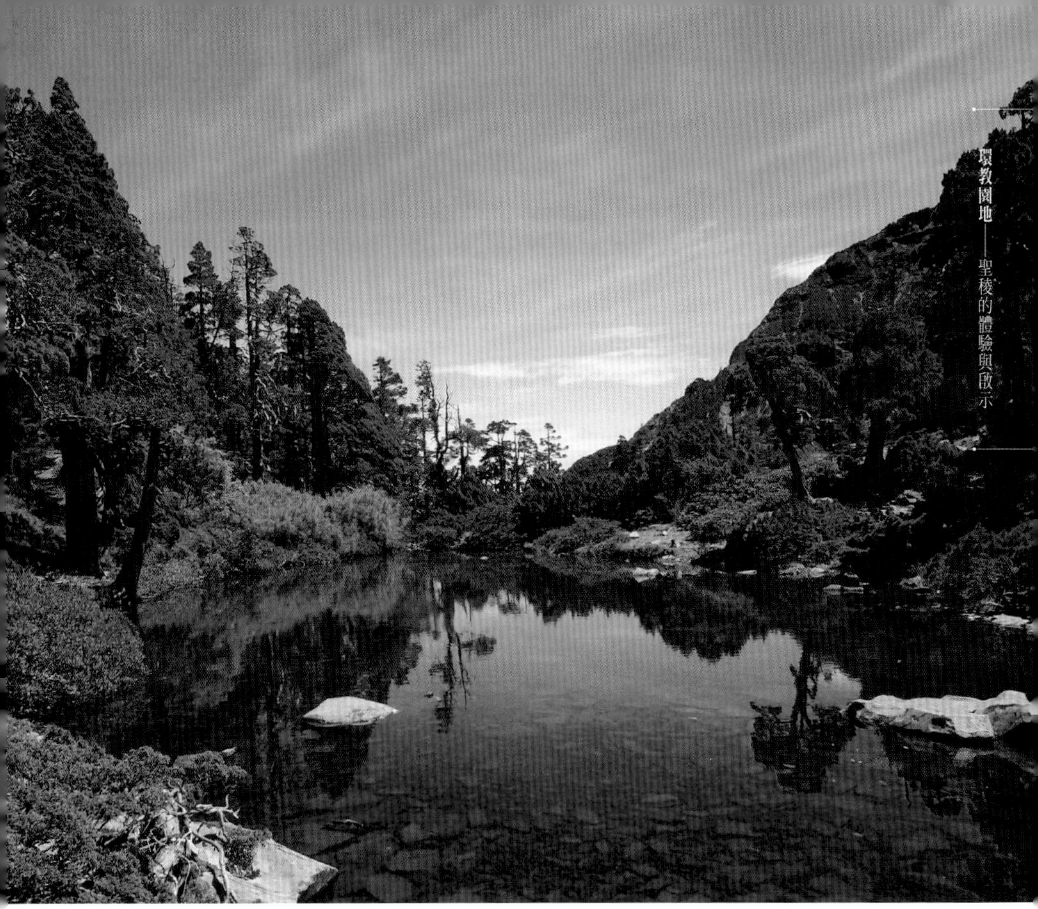

1 翠池有臺灣最美的高山湖泊之美譽
2 七卡山莊是攀登雪山途中首先到達的歇宿地點
3 369 山莊是攀登雪山主峰及聖稜線上主要的住宿地

今夜，我們要在這個帶著謎樣風華，綴點於高山密林的「明珠」共度良宵。

第三天，戀戀不捨的告別美麗的翠池，摸黑趕回雪山主峰，在曙光初露之際攀上鞍部，抵主峰時晨曦已漫山遍野地灑落，變化萬千的雲彩為主峰打抹上一片耀眼的亮麗，神奇的是，月亮居然還在主峰上頭，形成日月輝映的奇景。

日出美景瞬間即逝，我們也無暇多作停留，今天要直接趕到素密達紮營，肯定是段相當長且不怎麼輕鬆的行程。匆匆整理妥善，大夥陸續朝前方那座崢嶸的「北稜角」出發。

由北稜角經凱蘭特昆山，再到北峰山屋的路段，行於3,500公尺的稜線上，艷陽高照，四下儘是玉山杜鵑、玉山小蘗等匍匐山徑周邊的矮灌叢，只能頂著炙熱的陽光一逕前行。然而上回行經時隱於茫茫雲霧裡的崇山峻嶺，此刻均以雄偉的英姿羅列眼前，雪山地區浩瀚的圈谷歷歷在目，高山縱谷，氣勢非凡。

中午在北峰山屋打尖，而後再朝素密達山屋趕路，愈往北行稜線越發險峻，僅容一人通過的「瘦稜」更是不得不讓人戰戰競競，步步為營。行經穆特勒布山腳下時，腳步已益

1 崢嶸嶔奇的北稜角
2 位於冷杉林中的雪山北峰山屋
3、5 穆特勒布山險峻的岩壁在聖稜線上成為獨特的地景
4 雪山主峰上形成日月輝映的奇景
6 臺灣繡線菊於夏天盛開如天上繁星的小白花

發沉重，趕在夜幕即將灑下的前一刻，我們鑽進了素密達黑森林，腳步神速的先遣人員已架設好營帳，展開炊煮工作。當夜就伴隨著素密達山裡離離蔚蔚，高大挺拔的冷杉入眠。

第四天一大早，大夥收拾完竣，走出黑森林，準備上攀素密達斷崖是今天的重頭戲，大夥依序將背包一一先行吊掛上去，而後做好確保，再拉緊繩索奮力攀爬崖壁，費了個把鐘頭，總算全員安全上崖，續朝霸南營地行去。

1

2

經過布秀蘭山往品田山岔路口，望見品田山峻秀的岩壁時，大夥又豪氣萬千的訂下「聖O」之約，過巴紗拉雲山附近已呈荒廢狀態的山屋時，暗忖，當年那飽受雨水洗禮聖稜縱走，居然在巴紗拉雲已然「開天窗」的屋頂一角，瞧見了聖稜的星光。

抵霸南營地，大夥忙著清理剩餘公糧時，有人找出一罐鮪魚罐頭和兩顆洋蔥，當下即自告奮勇接手過來調製晚餐的「涼拌鮪魚洋蔥」。不意在缺水的霸南營地，切過洋蔥後無從洗手，晚上被那種只有自己與聞的異味折騰了一夜，一直捱忍到九九山莊時把手浸泡在沁冷的山泉中才告解脫。

第五天，霸南營地出發，繞行過大霸尖山的霸基，抬頭仰視，在宏偉的岩基下，人類是何等的渺小，而當迤邐於伊澤山平緩的箭竹草原中時，再回首巍峨座落於群山中的大、小霸尖山，及其背後數天來跋涉過的稜線時，益加感佩造物的神奇，自然的浩瀚，不止沼井鐵太郎、不止鹿野忠雄，大凡每一個投入聖稜懷抱的人們，都可以在一步一腳印當中，感受那無比的震撼與完成縱走的雀躍。

當然，行程並非僅止於此，前面還有3050高地到九九山莊、馬達拉溪登山口一段漫長的路要走，然而，此刻果真能戴上勝利的榮冠，述說首次完成縱走的真與美嗎？

其實，什麼都不用說，無所謂征服，無所謂超越，謹以虔敬而卑微的心，向山舉目──「山既不來，我就前去」。

圖說

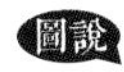

1~2 品田山為臺灣百岳「十峻」之一，其中的斷崖絕壁是登山者最具挑戰性的一段。

3 品田山與天際線上的南湖大山、中央尖山

4 大小霸尖山與飄渺的輕煙形成一剛一柔的對比

3

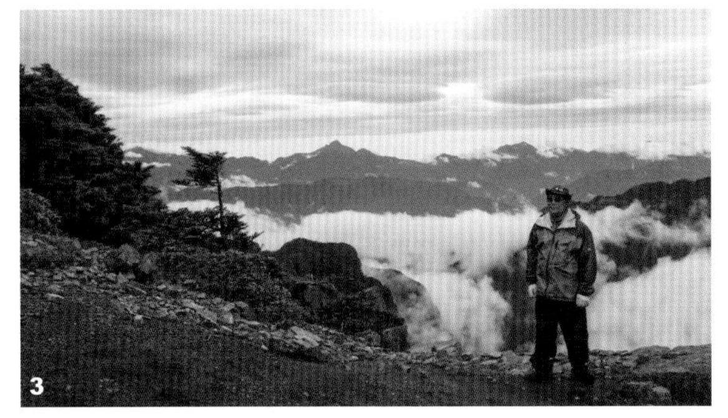

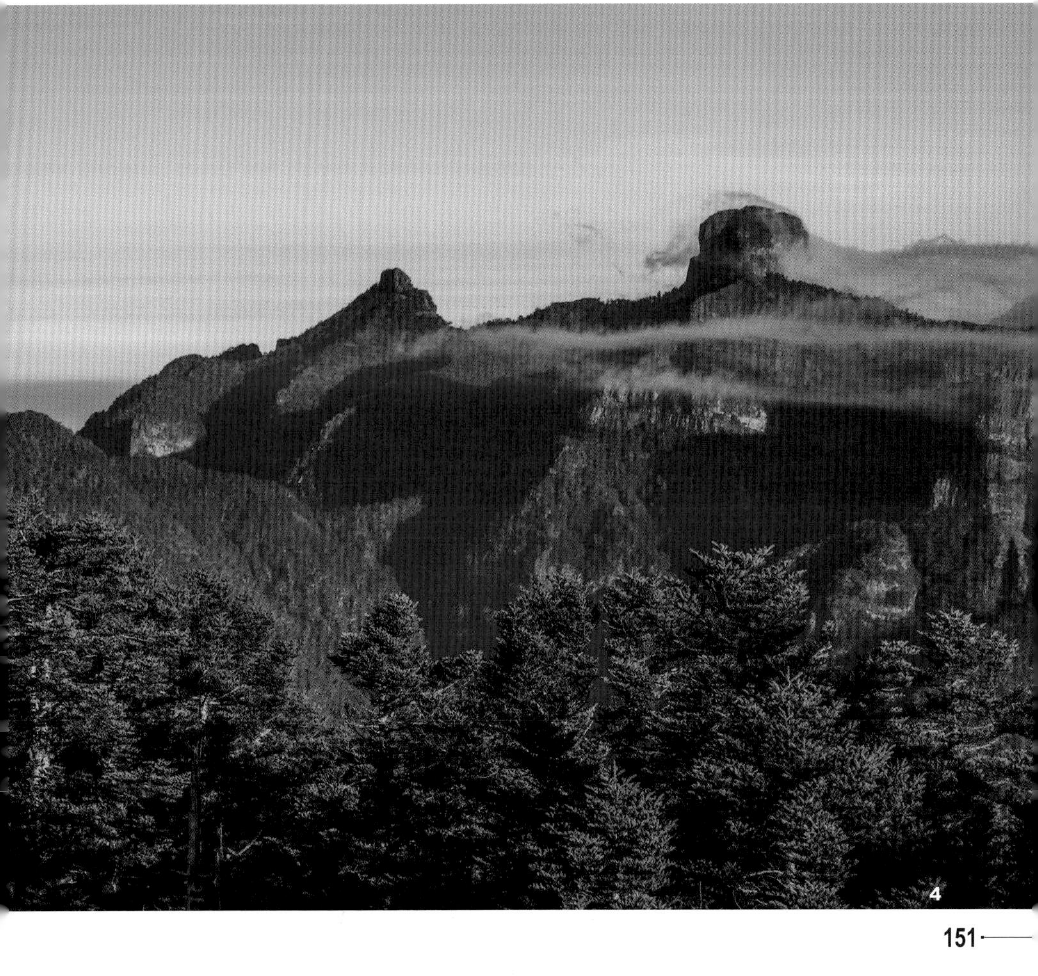

4

聖 O 縱走

圖說

1 桃山瀑布冷冽的水瀑自山壁垂瀉而下，形成一泓深潭。

2 往池有山途中於山壁上，孤立的臺灣鐵杉是供登山者留影的經典之作。

3 池有、桃山在山嵐中映入眼簾。

4 在箭竹與冷杉林中的新達山屋

5 箭竹叢中的小水池，映照著天光與霧氣。

6 月下旬，連續下了幾天綿綿細雨，心頭為著已然規劃完成的「聖 O 縱走」擱著一塊巨石。22 日晚抵武陵，晚上，數度被閃電雷聲驚醒，一夜不得安眠。清晨備妥早餐後在走廊望著濃濃的雲層舉棋不定。7 點鐘，天光微微開了一些，毅然決然出發了。在池有登山口前先到「桃山瀑布」繞了一下，而後沿著蜿蜒的步道向前行。就當過河卒子吧！

所幸老天幫忙，陰涼的天氣走在密林中還感到頗為涼爽，腳下也輕快多了，12 點多居然就到了新達山屋。水池裡積滿了水，山屋的儲水槽也方便了山友，真是不可同日而語。午後 3、4 點鐘，來了另一夥也是三個人的山友，但他們往霸南至大霸尖山。下午大夥決定，如明天天氣許可，就直接到雪北山屋，以免像今天下午無所事事。

次日起個大早，拂曉時刻我們已朝品田山開拔。上得坡後，池有、桃山在清朗的山色與山嵐中映入眼簾，新達池也映照著雲影波光，為今天的行程開啟了無限的希望。行過重

重迂迴的山路，品田山嶙峋的巉岩距離越來越近，腎上腺彷彿被巨大的摺皺激發了出來。無從趨避，只得面對。

背向崖壁當初還在考慮要不要人包分離，現在則是扯緊胸帶，抓牢繩索(前人綁於上的)就蹬下去了。現在方知腳長一點也不錯，找蹬腳點容易些。再往前行來到第二道斷崖，這次有三層，難度比上一次高，還是戰戰競競的攀繩而下，第三層的岩縫顯然 法揹著背包一起下，只得卸下背包分兩次下崖。下得崖來，回頭再仔細瞧瞧到底是怎麼從這片幾近垂直的斷崖上垂降下來的。

前往布秀蘭的稜線上，正值風和日麗，對面的南湖大山、中央尖山均歷歷在目，也才有機會好好端詳當初是如何在風雨中從巴紗拉雲山走過來，後來又是如何從布秀蘭山走到巴紗拉雲山的。大霸、小霸、樂山基地一一浮現眼前，山容蒼翠，連綿壯麗，登臨高山的雄心壯志直抒胸臆。

近午時分，煙嵐逐漸從山谷升騰，為把握時間，持續趕路。繞過素密達高聳崢嶸的山腰，再次來到驚險的「素密達斷崖」前。以往有同仁可以幫忙做確保，吊掛背包，這次全要靠自己來完成。緤著繩索一步一步下崖，的確面臨了幾個上下不得的窘境，可是又不能光懸在那兒，即使險象環生，還是得下來，生命不都是這樣走過來的嗎？下得崖來卻好像耗盡了全身的力氣，趕到素密達山屋前居然好像餓的走不動。

在素密達山屋草草用過午餐，補充能量後，和窩在山屋裡的攝影前輩郭老師聊了一陣。午後兩點，

1 往布秀蘭山途中回望靛藍色的南湖大山與中央尖山
2 往布秀蘭途中回望品田山的峰頂
3 登山者垂降素密達斷崖時需步步為營，確保本身安全。
4 素密達山屋
5 輕煙渺茫中巍然林立的冷杉林

繼續上路，天空灑下了豆大的雨絲點。上雲達卡營地前箭竹林中的陡峭山溝是一段艱辛的路，前兩次走一次是風雨交加，一次是薄暮冥冥，這次則是孤軍奮戰，風雨中咬緊牙關苦撐。下雲達卡斷崖也是一段險峻的山路，接下來往雪北路上風雨颯颯而至，那年場景重又出現，稜線上雨霧茫茫，拖著沉重的步伐越過一峰又一峰，不知伊於何處。天色向晚，所幸在夜幕行將籠罩前趕抵雪北山屋，覓得晚上棲身之處才鬆了一口氣，全身俱已濕透。總計今天共走了 13 個鐘頭，或因疲乏的關係，晚上翻來覆去，難以入眠。

1

2

曙光乍現，先行起程上稜線，打算至凱蘭特崑岔路口打道369水源路線返武陵。清晨微風徐來，孑然行於高聳的稜線上，心中感觸雜然而生，人生真是件難以言喻的過程，曾經在這段路上和十幾位同仁面臨生命交關，也曾一行浩浩蕩蕩簇擁群山峻巒而行。而今倏忽十餘個年頭過去了，那個披著黃色雨衣覓尋岔路口的鄭小隊長早已蒙主寵召，今天，自己必須在這段旅程中獨自找到那個岔路口。

印象其實不是很可靠的，每一次想的和腳下所走的總是有段相當的落差。要不是岔路口樹了一塊碩大的指標，恐怕真的會錯過，而且，下坡那麼陡的碎石坡，就是那次在風雨中走過的路嗎？自己都心生懷疑。

3

進入黑森林，還有許多風倒木是與印象中相符合，但已經過整理，不用費力攀上攀下，只是記不清是否有那麼陡峭。不過，過了取水處，一路走在等高線上直到369山莊的步道，卻和記憶中相當吻合。

行抵369山莊前的山坡，開滿了高山百合，含苞待放的玉山當歸，正迫不及待的獵取鏡頭時，宗揚和文凱老師趕了上來。369山莊留影後，行經東峰時又開始飄雨了。四天當三天走，竟然也完成了。感謝老天爺的善意安排，讓我有足夠的晴朗時刻，捕捉珍貴的鏡頭；也有風雨交加的時刻，連結往日走過的軌跡。

圖說

1 由雪山北峰往凱蘭特昆山途中峻奇的稜線
2 凱蘭特昆山往黑森林水源路指標，此路段可不必繞經北稜角及雪山主峰而行。
3 稜線步道行於玉山圓柏的矮盤灌叢當中。
4 走出黑森林後369山莊周邊的箭竹草原及冷杉林。
5 箭竹草原中盛開野百合花
6 正開著黃色花朵的玉山小蘗

T ourist Information

遊必有方

服務資訊、旅遊平臺

由於觀霧地區位處群山當中，對外聯絡與各項生活機能與都會地區不無落差。本書謹詳細附錄區內各項食宿、諮詢服務、進入觀霧地區應行注意事項、國家公園相關規範等提供遊客參考，期來此徜遊的眾多遊客皆能共享愜意順心的觀霧之旅。

GUANWU

服務資訊

諮詢服務

◎觀霧山椒魚生態中心

開放時間：每日 9:00~16:30，逢週一休館，遇假日則順延。

聯絡電話：(037)276300

◎觀霧山椒魚生態中心定時導覽

週二至周日每日上午 10 點定時導覽 1 場次，時間約 60 分鐘，活動採當日現場報名，人數以 15 人為限。活動內容包含：觀霧山椒魚生態中心導覽、棲地介紹及觀霧山椒魚影片欣賞等。

◎相關聯絡電話

1. 雪霸國家公園管理處 (037)996100
2. 雪霸國家公園管理處觀霧管理站 (037)276300
3. 保安警察第七總隊第五大隊雪霸分隊 (037)996700
4. 保安警察第七總隊第五大隊雪霸分隊觀霧小隊 (037)276200
5. 林務局觀霧遊客中心 (037)272917
6. 大湖警察分局觀霧派出所 (037)273038
7. 橫山警察分局雲山派出所 (03)5856689
8. 橫山警察分局清泉派出所 (03)5856045
9. 臺大醫院竹東分院 (03)5943248

旅遊平臺

｜餐飲住宿｜

觀霧遊憩區內並未提供住宿及餐飲服務，若有相關住宿需求，可與附近民宿或休閒農場辦理預訂。以下是本區周邊鄰近五峰及白蘭地區住宿業者之聯絡方式：

1. 山上人家民宿 (03)5851376
2. 白蘭山莊 (03)5856222
3. 洞口民宿 (03)5856103
4. 望月小築 (03)5856099
5. 雪霸休閒農場 (03)5856192、5856193

(以上資料僅供參考，行前請先電話聯繫業者確認。)

｜解說資訊｜

滿 20 人以上團體可於參訪行程 14 天前以信函、傳真或至雪霸網頁預約系統向管理處預約，此項服務範圍僅限定於雪霸國家公園園區範圍內。因為此項服務為免費性質，旅行社、遊覽公司等旅遊營利單位雪霸處不受理申請。

申請時請註明：團體名稱或參訪性質、人數、地址、聯絡人姓名、電話、參訪日期、簡要行程等。聯絡電話：(037)996100 轉 872

遊憩安全規範

◎進入觀霧地區應行注意事項

1. 大鹿林道全線已由新竹林區管理處公告禁止甲類大客車通行，目前僅能乙類大客車以下車型通行。
2. 聯外道路大鹿林道沿線常有修復工程進行，且逢雨季山區天氣不穩定，請遊客注意山區路況及觀霧遊憩區或觀霧森林遊樂區開（休）園狀況，建議行前可至雪霸國家公園網站或臺灣山林悠遊網查詢相關訊息。
3. 山區氣候多變，林道路況不佳，敬請遊客審慎規劃旅遊行程，並於日落前離開觀霧遊憩區以策安全。
4. 離開五峰之後，前往觀霧沿途並無加油站設施，因此請開車遊客務必在竹東或五峰加滿油箱。
5. 觀霧地區屬於山地特定管制區，依據國安法規定，遊客須於土場檢查哨（大鹿林道 1k 處）辦理入山證，可當場辦理，須攜帶身份證明文件。
6. 觀霧地區住宿餐飲設施有限，未預定住宿房間者請勿留宿山區。(大鹿林道 15 公里及 21.5 公里處，有民宿及用餐地點可供利用)
7. 山區寒冷，應備禦寒衣物，勿單獨行動。
8. 觀霧地區目前只有少數民宿提供餐飲，用餐不便，建議遊客可自行攜帶簡單乾糧。
9. 午後及夜間經常起霧，視線不良，應注意行車安全。
10. 依據國家公園法禁止事項，請勿於觀霧遊憩區內升火、野炊煮食。
11. 大霸尖山登山步道屬生態保護區，欲攀登大霸尖山步道之遊客，須於入園前 7 天至 1 個月內以網路、郵寄或親自向雪霸國家公園管理處申請進入生態保護區入園許可證。另外亦須向相關管轄警察局、分局、派出所等辦理入山許可證。此外，通往大霸尖山登山口之大鹿林道東線已公告為步道，禁止車輛通行。

｜入出生態保護區注意事項｜

1. 入、出生態保護區應隨身攜帶許可證、核准人員名冊及身分證明文件及可供緊急聯絡之通信設備，並隨時接受國家公園管理處和國家公園警察隊檢查。
2. 生態保護區內常有毒蛇、毒蟲及猛獸出沒，部份地區氣候惡劣、地形險峻，常有落石崩塌危險，申請進入隊伍及人員務必注意安全，避免意外發生。
3. 禁止任意污染環境，廚餘、廢棄物禁止任意棄置或傾倒於廁所，請隨身攜帶下山。
4. 除學術機關因研究需要而採集標本且經雪霸國家公園核准，嚴禁有騷擾、捕、獵殺野生動物之行為。
5. 禁止任意變更核准路線或行程，並禁止在指定以外之地區露營、搭設帳棚、使用器具以外炊煮、燃火；於乾燥季節期間，特別提高防火警覺，嚴防森林火災。並禁止離開已開放供使用之步道及區域。
6. 禁止在生態保護區內以器材播放之喧鬧行為。
7. 通過山區危險路段如品田、素密達斷崖…等，請攜帶繩索等確保工具以策安全。
8. 為避免犬瘟熱病毒危害臺灣黑熊等高山地區瀕臨絕種野生動物的生存，嚴禁攜帶家犬或其它寵物進入生態保護區，以免造成野生動物的浩劫。
9. 有颱風警報發布、森林火災或其它突發事件時，雪霸國家公園管理處得另行發布緊急措施禁止人員進入；已於該期間獲許可進入者，該許可證自動作廢。

後記

初識觀霧，其實就真的是那片茫茫白霧，而且，只要一到午前時分，不用看錶，渺渺輕煙就從四面八方兜攏過來，套句日語對觀霧的意譯，當真是「哦！起霧了！」再傳神不過了。

而今，在跋涉過山陬水涯，經過碧海藍天的洗禮，再回歸到這片山林的時候，已然歷經看山不是山的迷惘，重又回到見山是山，見水是水的心境。

從竹東到清泉，從清泉到觀霧，仔細的瀏覽沿途的部落，見識到泰雅與賽夏文化的內涵，矮靈祭的民俗與傳承；走入清泉，看見張學良將軍故居從昔日一片荒煙蔓草中，重又以簡樸雅緻的面貌出現。縱然，屋已非往日囚禁之屋，人，也是明日黃花，但這樣的過往，卻曾經在這個依山面水的小小部落中烙下鮮明的印記。

趁著輕煙薄霧尚沉睡於深邃的谷底，輕快徜徉在視野遼闊的青山綠樹當中，不同的是，大鹿林道東線業已封閉，當年可以驅車直抵馬達拉溪登山口的場景已成迴響。步行 20 公里後再上九九山莊，是磨練還是淬練，只有登山者方能體會其中冷暖。

觀霧地區的建築好像多了起來，除了觀霧山莊外、新竹林區管理處觀霧遊客中心、觀霧派出所，還有「觀霧山椒魚生態中心」、保安警察第七總隊第五大隊觀霧小隊等座落於柳杉、闊葉林中的建築都呈顯出不同的風貌，在這午後就濃霧瀰漫，寂寥沉靜的山區，可以為遊客帶來幾處歇腳的溫馨處所。

走著走著，雲霧水氣不知不覺中攏了上來，周遭物事顯得更為輕柔，但也感受到重重的濕涼，幾座碩大的建物頓時消失在濃稠的霧裡，待得風起，又若隱若現的露出驚鴻一瞥的身影，「哦！起霧了！」可不是嗎？

有霧的觀霧，如何稱它為「觀霧」呢？

徑觀霧

SHEI-PA NATIONAL PARK

國家圖書館出版品預行編目 (CIP) 資料

森徑觀霧：清蔭秘境款款行 / 劉國信撰稿 . -- 初版 . --
苗栗縣大湖鄉：雪霸國家公園 , 民 104.12
168 面 ; 15×21 公分
ISBN 978-986-04-7661-3 (平裝)

1. 生態旅遊 2. 雪霸國家公園

992.3833　　　　104028520

發行人／鍾銘山
策畫／鄭瑞昌、陳俊山
編審／張美瓊
執行編輯／宋宜玲
撰稿／劉國信
攝影／古少騏、向高世、邱清安、俞錚皞、陳家鴻、許景祺、張燕伶、蔡進鴻、潘建宏、潘振彰、劉思沂、劉國信、詹家龍、邱慶耀、李瑞宗、吳宗穎、翁健宏、賴輝星、傅國銘、唐明德、楊文章、彭文禮、周大慶、雪霸國家公園管理處
插畫／王耀慶、黃一峰、廖韋清、李燕敏、張滢渝、林松霖
美術設計／張麗斕
發行單位／雪霸國家公園管理處
地址／ 36443 苗栗縣大湖鄉富興村水尾坪 100 號
電話／ (037)996100
網址／ http://www.spnp.gov.tw/
設計印刷／ 舜程創意行銷有限公司 (04)23214125
出版日期／ 104 年 12 月
初版二刷／ 106 年 11 月
GPN ／ 1010403394
ISBN ／ 978-986-04-7661-3 (平裝)
定價／ 250 元
展售處／
五南文化廣場：地址／臺中市中區中山路 6 號　電話／ (04)22260330
國家書店松江門市：地址／臺北市中山區松江路 209 號 1 樓　電話／ (02)25180207
國家網路書店：網址／ http://govbooks.com.tw